冰淇淋的眼泪

彭永强 ◎ 著

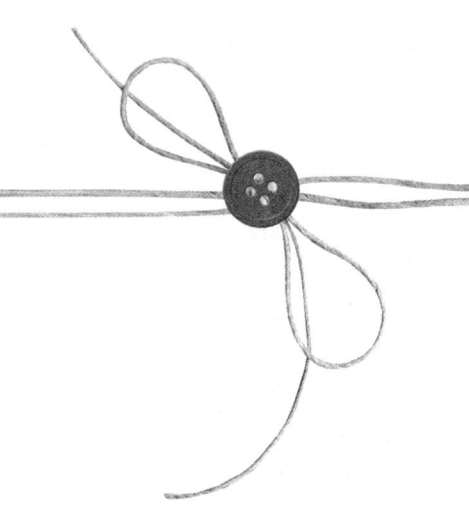

线装书局

图书在版编目（CIP）数据

冰淇淋的眼泪 / 彭永强著 . -- 北京 : 线装书局，2016.8

ISBN 978-7-5120-2366-6

Ⅰ . ①冰… Ⅱ . ①澎… Ⅲ . ①小小说—小说集—中国—当代 Ⅳ . ① I247.82

中国版本图书馆 CIP 数据核字（2016）第 198802 号

冰淇淋的眼泪

作　　者：	彭永强
责任编辑：	李津红
出版发行：	线装書局
地　　址：	北京市西城区鼓楼西大街 41 号（100009）
电　　话：	010-64045283（发行部）　64045583（总编室）
网　　址：	www.zgxzsj.com
经　　销：	新华书店
印　　制：	北京睿和名扬印刷有限公司
开　　本：	787mm×1092mm　1/16
印　　张：	13.75
字　　数：	132 千字
版　　次：	2016 年 8 月第 1 版第 1 次印刷
印　　数：	0001-3000 册

更多资讯请访问官网

定　　价：46.00 元

刺猬、乌鸦或者萤火虫（代序）

刺猬貌丑，色衰，浑身是刺，不受人待见。但刺猬常被人们当作一种喻体，钱钟书先生就有过经典的论述，大抵说是：人为了摆脱自身孤独，就需要相聚在一起，可太接近了又不免彼此伤害，"好像一只只刺猬，只好保持着彼此间的距离；要亲密团结，不是你刺痛我的肉，就是我擦破你的皮。"

人与人之间的交往，如同刺猬。而依我个人的感受，我们同这个世界的关系，也同样如此。只不过，我们每一个人是一只小刺猬，这个世界是一只庞大无比的刺猬，我们有意无意间刺痛了他人，并刺痛这个世界；这个世界巨大而锋利的刺，也同样毫不客气地戕害着我们。

作为一个写作者，我常觉得自己就是一只弱小而倔强的刺猬，尽管无力改变什么，却依然耸起那并不锐利的刺，向周遭的一切"宣战"。

乌鸦如刺猬一般貌丑，浑身乌黑，聒噪刺耳，可偏偏不自知，并有着"热爱唱歌"的习惯。关于乌鸦，在一首散文诗中，我曾经写下这样的一段文字：

冰淇淋的眼泪

在一个百花烂漫的四月,我喜欢听一只乌鸦在歌唱。

他们恼怒着你的刺耳,嘲笑着你的色彩与噪音,可是,你依然在那里,站在榆树的最高枝头,唱着那些"动听"的歌。你兀自唱着,哪管画眉的诅咒与鹦鹉的诽谤……

你甚至不知道,还有一个人,躲在宏大时代的角落里,在聆听你毫无韵律的歌唱。

你在歌唱被遗忘了的好时光,你在歌唱蔷薇背后的利刺,你在歌唱被芬芳遮盖了的恶臭……在欢声笑语的十月,你无视鲜花,无视那些气势磅礴的语言,依旧唱着那些让许多人厌恶的调子。你的喑哑是那么的真实,与我的悲怆一起,在笑的海洋里,消失得无踪无迹。

我在"歌唱"乌鸦,或者说,我以为那只不自量力的乌鸦,就是我自己。

刺猬和乌鸦,皆不受人欢迎,甚至让人嫌恶,这并不是我作为一个写作者的本意。故而,除却刺猬与乌鸦之外,在写作方面,我希望自身还能拥有另外的一个角色与身份:萤火虫。

萤火虫力量很小,光芒亦弱,仅能带来如豆的亮,它的作用在暗夜之中微乎其微,聊胜于无,但至少,它是亮着的,不管给黑暗里的精灵带来多少鼓励,多少慰藉,至少,它努力了,付出了,以一个默默无闻的行动者的姿态,有了一点儿力所能及的作为。

《冰淇淋的眼泪》这本小书,既有刺猬的之"刺",亦有乌鸦之"歌",但我更希望的是,它能多些萤火虫的光亮,照向他人，照向世界，亦能照向自己。

值此付梓之际，略谈自己写作的初衷，尽管肤浅，却也真实。泛泛之谈，权作自序。

丙申夏月于河南郑州

目录

刺猬、乌鸦或者萤火虫（代序） /1

第一辑 情动时刻

乞丐的眼泪 /2
引路人 /4
半瓶香油 /6
冰淇淋的眼泪 /8
母亲的眼睛 /10
我们的小桃树 /14
"恶霸"一样的好人 /17
一套茶具 /20
老师，我听到了水流的声音 /22
天下最美的母亲 /25
真爱无言 /29
还钱 /31
智者之桥 /34
寻找父亲 /36
猎人梦 /38
最后的家长会 /41
拆迁 /43

第二辑　淡然有味

一支曲子的快乐　/ 48
把赶路当散步　/ 50
真正的灾难　/ 52
两条狗的友谊　/ 56
富人区　/ 58
等着你自己走出尴尬　/ 60
善良的"副作用"　/ 62
教授的尊重　/ 64
"老年痴呆"的善良　/ 66
归巢　/ 69
"神枪手"　/ 71
感谢那个绊倒你的人　/ 73
沉重的游戏　/ 76

第三辑　滴水悟道

竹篮打水未必空　/ 80
关系其实是道"关"　/ 82
傻子的道理　/ 84
让善良的人感到快乐　/ 86
摔碎储钱罐　/ 88
成功与诺言　/ 90
打败自己的是自己　/ 92
山窝里的金凤凰　/ 94
老婆的眼泪最珍贵　/ 98
一车"感动"　/ 100
留一包硬币给自己　/ 102
佛心　/ 104
不爱大海的孩子　/ 106
心理测试　/ 108

好名字，坏名字 / 111
记住一个给你打击的人 / 113

第四辑　世事百态

同床共枕过 / 116
意外 / 118
"不容易先生"传 / 120
效果"显著" / 122
领导腰上有块疤 / 124
"送温暖" / 127
哪个老赵？ / 129
聪明的鹦鹉 / 131
腕力 / 133
老总的诺言 / 135
乡长的眼泪 / 137
"改革" / 139
据说局长有洁癖 / 141
福相 / 143
市长亲自敬我烟 / 145
协调协调 / 147
村长养鱼 / 150

第五辑　五味杂陈

"无名英雄" / 154
局长家的"犬子" / 156
曲线征婚 / 158
当了回"残疾人" / 160
羡慕 / 163
绝妙点子 / 165
策划高手 / 167
鬼影 / 169

扫雪　/172
我赢领导一盘棋　/174
拯救　/176
哥们儿　/178
"分居"　/180
身价　/182
胖妹的浪漫　/185
搬家　/187

第六辑　情爱画廊

爱的劫难　/192
逃离也是一种爱　/194
远远地爱着你　/196
爱情如镜　/198
苦药亦甜　/200
抓紧你的那只手　/202
错觉　/204
爱上一个遥远的姑娘　/206

后记　/209

第一辑　　情动时刻

爱如春风，情暖人间。人性深处氤氲而出的真诚与善良，如甘霖，如山泉，浇灌出璀璨的生命之花。

乞丐的眼泪

那个乞丐年龄还很小，大约只有十一二岁的样子，他瘦瘦的、黑黑的，头发长到能遮盖住眼睛，脏而且乱，像一窝枯草。

他时常斜坐在离我家不远的那座天桥边。由于经过的次数多了，我渐渐地记住了他。他不像别的乞丐那样死乞白赖，只是头俯得低低的，前面放着一只破碗，里面零星地放着一些硬币。我路过时，偶尔也丢一些零钱给他，那时他总会抬起头，用大而无神的眼睛匆忙地看我一眼，仿佛在诉说着感激。

有一次，我看到他和另一个乞丐在打架，更确切地说，是他在挨另一个乞丐的打。那个乞丐比他高，也比他强壮，一拳打在了他的鼻子上，顿时鲜血喷了出来。这时，不少人围了上来，高一些的乞丐骂骂咧咧地走了。小乞丐垂下了眼，找了些旧报纸塞到鼻孔中。他不经意地抬了一下眼，我看到他的眼睛在喷火，而不是我猜想中的含着眼泪。

一天，下着小雨，一个醉汉骑着一辆电动自行车摇摇晃晃地驶过来，小乞丐慌慌张张地躲避着，可那自行车好像长了眼睛一样，不偏不倚地撞到了小乞丐身上。他跌倒了，脸痛苦地扭曲着，却一声不吭。醉汉却不依不饶，恨恨地叫着："臭要饭的，你想死呀！想死也别往老子的车下钻，一身晦气……"

醉汉喷着满嘴的酒气走了。小乞丐眼神愣愣的，痛苦、无奈、愤怒，却没有眼泪。此后，他的腿瘸了好长一段时间。

真正看到那个小乞丐的眼泪，是在一个初夏的傍晚。那天，一个疯女人在街道上来回奔跑着，每看到一个十多岁的男孩子，她就会不顾一切地扑上去，哭喊着："儿子呀，我可找到你了！快跟妈回家吧！"只是，所有的孩子都不理她，有的慌不择路地跑开，有的朝她身上啐上一口唾沫……

当那个疯女人抱着小乞丐喊"儿子"的时候，小乞丐没有躲开，他和那个疯女人的眼中都涌出了泪水。

后来，我问小乞丐，是不是认识那个疯女人。他摇了摇头，说："我只听说她儿子被汽车撞死了。我妈也是一个疯子，在我爸死的那一年疯的。后来，她就跑丢了，我也就成了乞丐。一看到那个疯子，我就想起我妈来……"

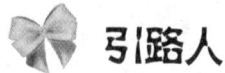 引路人

柯蒙原本是个聪明伶俐的孩子，但是在三岁那年，他们居住的社区发生了一场火灾。柯蒙的父亲在火灾中去世，他自己也受了重伤，经过医生的奋力抢救，柯蒙的生命虽然保住了，但是眼睛再也看不到东西。

柯蒙从此与母亲相依为命，在母亲的细心呵护下，他慢慢地长大了。柯蒙在一所盲人学校里读书，已经十四五岁的他开始思考起一些重大的问题来，譬如人生的价值，人活着的意义，等等。然而思索的结果反而让原来颇为开朗的他变得沉默寡言，因为他感到像他这样一个盲人，只能给别人、给家庭、给社会带来负担，带来痛苦，而不能真正实现自己的价值。最为消沉的时候，他甚至认为自己一无是处，仅仅是母亲的累赘……

一个浓雾弥漫的早晨，柯蒙像往常一样往学校赶去。他并不着急，因为那条路他已经走过了上千遍。在街道的拐角，一个沙哑的声音在他的耳边响了起来："这位小兄弟，麻烦你能不能给我带个路，我要去翠花街34号，可是这么大的雾，我什么也看不见。我刚刚来到这个城市，而且有很重要的事情要去办！"

柯蒙平生第一次遇到有人让他带路，慌乱之中急切地说："哦，可是我是个盲人呀……"问路的人连忙道歉："对……对不起，真是对不起，雾太大了，我什么也看不清，又急着赶往翠花街34号！"

这时，柯蒙惊喜地问道："什么？你要去翠花街34号！我可以带你去，因为我家也在翠花街，是35号，那一带我熟悉得很，可以带你去！"

柯蒙第二次赶往学校的时候走得很快，不只是快要上课的缘故，更重要的是他心情很好，他终于发现自己还是个有用的人，因为居然还有人需要自己的帮助。

回到家里，柯蒙兴奋地向母亲叙说着自己的经历。母亲开心地笑着，眼中却涌出了闪闪的泪花……

从那以后，柯蒙总会在上学的路上碰到一些不同的问路人，他们大多问的是自己很熟悉的地方，然后柯蒙就会兴高采烈地给他们带路。在得到那些人的感谢和夸奖后，柯蒙觉得快乐极了，整个人都变得开朗起来。

三十年后，母亲去世了。临死前，她告诉柯蒙，其实那些向他问路的人是自己拿钱雇来的。

已经是一名作家，写了数十本书的柯蒙惊呆了，因为那些带路的经历是他一生的转折点，正因为有了这些经历，才让他重新找到了自己的信心和价值，从而获得了今天的成功。可是，他居然没有发现，那个真正的领路人，原来是自己的母亲——是母亲在一直为他带路，陪他一起走过人生的风雨历程……

半瓶香油

故事发生在1993年。那时离春节只有一个月的时间了。从香港海关到大陆的人特别多,因此,工作人员也格外忙碌。

一位老人吸引住了他们的眼光。他衣着朴素,随身仅带一个简易的旅行包,令人不解的是,他的左手里提着一个瓶子,瓶子里有半瓶黄澄澄的液体。

一位工作人员按捺不住好奇心,问他:"这位先生,您的瓶子里装的是什么呀?"

老人淡淡地说:"是香油。"

这时,所有在场的人都感到不可思议,这位老人千里迢迢地赶往大陆,竟带着半瓶香油。"您这是为什么呢?"另一位女士终于忍不住问道。

老人脸上浮现出了凄楚的神色,缓缓地说:"这是我母亲要我买的。四十四年前的一个中午,母亲正在做饭。饭马上就要做好了,却发现家中没有了香油。她拿出一些零钱来,让我到不远处的一家卖油铺去打半斤香油。临走时,她还说:'孩子,你跑快一点儿,娘马上就把饭做好了,别耽误吃饭。'"

这时,泪水从他的眼角流出来。顿了一顿,老人接着说:"我刚走出家门,就碰到了一群穿军装的人,他们用枪逼着我,让我帮他们拉大炮。后来，为了活命，我就跟随着他们一起打仗。再后来，我随着军队到了台湾……这几十年，我得不到一点儿家中的消息。直到三年前，我才和家乡的亲人联系上。他们说，我母亲在我走了之后就疯了，见人就说等着我打香油回家……"

　　老人的故事讲完了。所有的人都安静地听着，不少人眼中泛起了闪闪的泪光，老人早已是满脸的泪水。

冰淇淋的眼泪

不久前，我收到一位朋友的来信，给我讲了一个他亲身经历的故事，我听后很感动，就将它记录了下来。

朋友就读于一所师范学校，毕业后在父亲的帮助下，去了县城的中心小学，日子过得平平淡淡，倒也有滋有味。

可是，朋友渐渐地对那种平淡的生活失去了耐心，他想过得更为激情更加精彩，于是就在一个青年志愿者协会发起的支援西部的活动中报了名，置亲朋好友的劝告于不顾，要求到西部支教。

朋友被安置到甘肃西部的一个小山村里。那所小学除了他之外还有一位教师，本村的，初中文化。朋友到来的第二天就正式讲课了，三、四、五年级在一起上课，讲得匆匆忙忙的。不久，朋友就来信说，那里条件很苦，工作也累，似乎有一些知难而退的意思。

但后来的一件事情改变了他的想法。

那天，班上最小的一个孩子问他："老师，书本上说的冰淇淋是什么东西？为什么城市里的孩子都喜欢吃冰淇淋？"

"冰淇淋是一种冰做的食物，里面放有奶油、巧克力等物，吃着凉凉的、甜甜的，是夏天最好的消暑食物……"他面对一群孩子瞪大的眼睛，忽然感到自己的解说是那样的苍白无力，毕竟，要知道梨子的味道，是应该亲口尝一尝的。

"老师，巧克力是什么呀？"他刚刚顿住，另一个孩子就迫不及待地问道。

看着孩子们迷惑的眼睛，朋友感到了问题的棘手，就匆匆应付了几句，孩子们听得似懂非懂的。此后，朋友的心中再也安宁不下，城里的孩子整天在吃着麦当劳、肯德基、热狗、火腿，玩着电脑游戏、变形金刚，而这一群山里的孩子，连冰淇淋的样子都没有见过呢！

后来，一个偶然的机会，朋友到县城去领一个邮包，正打算回去时，无意中发现了几家那个县城为数不多的冷饮店，他决定为班上的近二十个学生每人买一个冰淇淋带回去。好在那天天气还不是很热，他向一家店里的老板讨要了一个塑料盒子，又找了一些破旧棉花包着装有冰淇淋的食品袋……

赶了近二十里的山路，朋友才回到了山村，还好，冰淇淋才稍微化了一些。他将冰淇淋分给了孩子们，看到他们欢呼雀跃的样子，心里才稍稍多了一些安慰。

第二个星期，他看到了一个孩子的作文："我们都很爱我们的老师，他是一个好人，给我们每个人买了一个冰淇淋，很好吃。我们以前谁都没有吃过冰淇淋，那时，我们感动得流泪了，冰淇淋也很感动，也流着白色的泪水……"

母亲的眼睛

迈克被打伤的消息传过来时,母亲就有了一种不祥的感觉,她想起了昨天夜晚的那个噩梦:阴沉的天气,街道上的行人都是一张张灰色的面孔,在一条街道的拐角处,她猛然间看到了自己的儿子,往日一脸朝气的儿子此刻满身的鲜血,在路面上扭曲着挣扎,嘴里有气无力地呻吟着。她想跑过去,可是腿怎么也抬不起来,像灌了满满的铅;她想要大声呼喊,想向所有的人大呼救命,然而她嘴巴张得很大,几乎使出了全身的力气,可是一点儿声音也没有,也没有一个人愿意搭理他们。路人全都行色匆匆,都在心无旁骛地赶自己的路……

她的脑子里很乱很乱,像一团麻,毫无头绪,又像无数的蚂蚁爬来爬去,这群蚂蚁一边吵吵嚷嚷,一边急速地爬行,爬得她心慌意乱,爬得她步履蹒跚,爬得她上气不接下气。一向十分健康的她没想到到了紧要时刻,自己竟然如此虚弱……

迷迷糊糊之中,她不知道自己是怎样赶到医院的。在急诊室的门口,一位面容枯槁的女士拦住了她的去路,战战兢兢地问道:"请问,您是迈克的母亲吗?"等得到了肯定的答复之后,她的神色更加惶然,声音更加低迷,卑怯地说:"真是对不起,是我的儿子约翰打伤了您儿子。据说伤得很重,医生正在抢救……而且，约翰也很愧疚，他吃了几十片安眠药，试图自杀，只是被他的一位老师发现了，现在也正在抢救……真是对不起，我不知道说什么好，也不知道怎么安慰您……"

迈克的母亲不久就知道了事情的来龙去脉，是送迈克来医院的老师告诉她的。原来，迈克和他的几位好朋友一起去盲人学校搞一个心理测试。原本他们对那个盲人学校的孩子非常熟悉，经常去那里帮忙，也在那里交了不少的朋友。可是，测试过程中，迈克不知道怎么回事，和一个六岁时因患眼疾而失明的学生约翰发生了口角。两个人刚开始只是争执了几句，后来都越来越生气，脾气都很暴躁的他们居然厮打了起来。盲眼的约翰不知道从哪里摸索到了一柄木棒，气急之中不知轻重地把木棒抡到了迈克的脑袋上……

大家都在焦急地等待着，空气似乎凝滞了，没有人说一句话，只听到窗外的噪声时不时地传过来，击打着人们的耳鼓，也击打着所有人的心灵。一位护士破门而入，大家都吓了一大跳，那位护士激动地说："上帝保佑，约翰脱险了，而且，医生说，如果有人愿意捐献眼角膜给他，他的眼睛还可以复明呢……"

不少人松动了一下椅子，但是依然没有人说话。他们在等待，在等待另外一个孩子的消息……

不知道过了多久，一位护士拖着沉重的脚步赶过来，对迈克的母亲说："老人家，真的对不起，我不得不遗憾地告诉您，我们已经尽力了，但还是没能将您的儿子从死神那儿抢夺过来……夫人，请您保重，也让我们为您的儿子祈祷，让他在天国过得好一些……"

迈克的母亲再也抑制不住早已盈满眼眶的泪水，眼泪扑扑地落下来。"我苦命的孩子"，她叹息着，低泣着，幽怨而哀伤的眼神让人不觉间也湿了眼圈。所有的人都垂下了眼，沉默着……

又过了几个小时，医院的主管人员向迈克的母亲询问她儿子遗体的处理办法。她思索了片刻，而后满含着悲伤说："我想这样更好一些，将迈克的眼角膜移植给约翰吧。"主管人员一时愣住了，他似乎不敢相信自己的耳朵，睁大眼睛，仔细打量着这位妇人，迷惑不解地问："您说什么？请再重复一遍好吗？"

"将我儿子的眼角膜移植给约翰，我已经决定了！"她加重了语气，一字一顿地说。这时，主管人员才发现这位妇人的眼睛中除了泪水之外，更有一些坚定得不容置疑的东西。

一星期后，眼角膜移植手术成功了，约翰又恢复了光明。一时间，迈克的母亲以德报怨的故事轰动了整座城市，多家媒体争相报道。人们盛赞这位母亲的宽容与伟大，她不计前嫌的行为感动了许许多多的人。街头巷尾的人们都在谈论着，不厌其烦地收看电视台的采访节目，都对这位伟大的母亲充满了敬佩与尊敬，其中最为感人的一个细节是这样的：

记者问："尊敬的夫人，是什么力量让您做出了如此伟大的决定，把自己儿子的眼角膜献给了伤害你儿子的孩子呢？"

这位母亲犹豫了一会儿，方才缓缓说道："是因为约翰的母亲，一位像我一样爱着儿子的母亲！事故出来之后，她找到我，尽管没有说几句话，但她的焦虑、愧疚、担心、无奈，还有期待与希望，全都透过她的眼睛表现了出来。她衰老的眼睛，她关切的眼睛，她负疚的眼睛……她渴望自己儿子平安，也渴望我的儿子平安的心情，透过那双眼睛已经毫无保留地表现了出来……她即使不说一句话，我也明白她的心情，我为那双眼睛而感动，而震撼，我也想让约翰看看他母亲的那双眼睛……"

电视台的记者努力控制自己的情绪，但是眼睛里还是泛起了点点泪花，而台下的观众，早已是泪眼婆娑，唏嘘一片了……

我们的小桃树

我第一次听说"桃子"这个词语是在小学二年级的语文课上。

我出生在一个偏远的山村。那里位置偏僻,交通不便,我的父老乡亲们过着几乎与世隔绝的生活。自上学后,我才慢慢知道了世界上还有许许多多我们山里没有的东西……

小学五年的语文课都是由一位姓赵的老师给我们上的。赵老师那时五十多岁,一脸的皱纹,和那里的农民几乎没什么两样,只不过他曾读过两年中学,就被村干部指定为我们十几个孩子的语文教师。

那次语文课,赵老师讲到"水果"这个词,就列举了一系列的水果名儿:苹果、桃子、香蕉、石榴……一家山外的亲戚来看我们时曾带来过苹果,那甜美的滋味儿几乎充满了我的整个少年时代。于是,我就自告奋勇地站起来,发言说自己吃过苹果,苹果很甜,很脆,有很多水分,很好吃……

于是,大家纷纷讨论起来,讨论的结果是,我们都还没吃过桃子。这时,我的同桌突然站起来,问:"赵老师,你吃过桃子吗……"

老师笑了,说:"我吃过,桃子可以说是水果中最好吃的!

如果有机会去县城，我一定给大家买桃子回来尝尝……"

孩子们一听，都高兴起来，可我心里想："县城离这里都快二百里地了，有些人一辈子都没去过县城呢，我们要等到驴年马月啊……"

第二年春天，赵老师终于有机会去了一次县城，是代表我们乡参加全县教育会议的。我们满心欢喜地期待着老师给我们带回桃子，可是，赵老师却只带回来两个苹果。他用刀把苹果切成十几份，一个孩子分到了一小牙儿……

"老师，您不是说桃子最好吃吗？怎么不带桃子？"其实我们都想问这个问题，一直忍着，只有最小的那个孩子情不自禁地说了出来。

老师脸上有些讪讪的，解释说，春天不是桃子成熟的季节，又不好储存，市场上还没有桃子。

不久后的一天，赵老师满面欢喜地告诉我们："同学们，告诉大家一个好消息，我有个朋友来咱们这里看我，我让他给咱们带来一棵小桃树，两三年以后，咱们就能年年吃上桃子了！"

听到这个振奋人心的消息，我们大家一起欢呼起来。

赵老师的朋友真的给我们带来了一棵小桃树！我们将那青翠的植物栽到教室门口。此后，我们这些孩子的情绪都高涨了起来，无论谁值日，哪怕不回家吃饭，也一定会到两里地之外的一条小河里打来水浇树。

第二年，小桃树开了三两朵花，粉粉的，嫩嫩的，尽管没有结果儿，我们的心里却分外甜蜜。我们相信，只要坚持下去，小桃树一定会结出丰硕的果实的！

第三年，小桃树真的结果了！尽管只有五个，却已经足够我们这些孩子欢喜的了。我们更加细心地照料小桃树，可是，一场大风之后，桃子还是被刮掉了两个……到了农历六月，我们的桃子终于熟了！不大，比鸡蛋还略小一些，微黄，略略有些透红。摘桃子的那天，我们这些孩子都格外高兴，毕竟，这是我们亲手养大的小桃树啊！

老师把三个桃子分成十几份，一人一份。老师没吃，我们让他吃，他解释说："等明年桃子结得多了，我再吃也不晚……"

我小心翼翼地把桃子放到嘴里，细心地咀嚼着，可是那桃子并不可口，没有丁点儿的甜意，甚至有些苦涩，有些硌牙。我强忍住反胃，把那口桃子咽了下去，心里嘀咕：这怎么会是最好吃的水果呢？我暗中观察其他孩子的脸色，也是满脸的惊诧，满脸的莫名其妙，但都把桃子咽了下去。

等我们回过神来，才发现赵老师一直在满含期待地望着我们，看着我们吃完，他才问："好吃吗？"

我们面面相觑，静默了好一会儿，才异口同声地吐出两个字："好吃！"

赵老师欣慰地笑了，我却再也忍不住，背过脸去，泪水终于涌了出来……

五年级结束的时候，我跟随外出打工的父亲到中部的一个小镇里读书，看到了外边的世界，也才尝到了桃子的正味儿，明白了因为气候、地域以及没有嫁接的原因，在我们那里是不大可能结出可口的果实来的……

离开山村已经十多年了，期间我回过一趟，俗世庞杂，竟然忘记了询问小桃树的状况。

不知道我们的小桃树是否还在茁壮成长……

"恶霸"一样的好人

五奎是个"恶霸"。

刚开始爷爷说过这样的话。爷爷说这样的话是有原因的。爷爷和五奎一起做了一笔生意,两人一共挣了八千块钱,按照事先约定,爷爷应该分到四千块钱。可是,爷爷去五奎家拿钱的时候,五奎说钱在路上被劫匪抢了。

爷爷说:"钱是不是被抢跟我没关,我的四千块钱你得给我!"

五奎说:"我现在没钱,只能欠着,要钱没有,要命一条……"

爷爷愤愤地骂道:"恶霸!"

于是,五奎"恶霸"的名声便在远近村子里传播开来。因为大家都知道,五奎的钱分文没丢,他是十里八村有名的武把式,一个人打倒七八个壮汉不在话下。

四年之后,爷爷去世了。

办丧事要用钱,爹爹又一向是个讲排场比阔气的人,花起钱来找不到方向。他来到五奎家,说:"五哥,你把欠我家的钱还我们吧!你叔老了,办事需要用钱……"

五奎眼皮动了动,说:"没钱。"

爹啐了一口唾沫:"恶霸!"

五奎气坏了，瞪大眼睛追了上来，爹见形势不妙，飞快地跑回了家。

后来，爹因为赌博被抓进了派出所，娘拖着病恹恹的身子到处张罗着借钱，实在筹不够了，才心惊胆战地找到五奎，央求着说："五哥，你看，孩子他爹出事儿了，你能不能把欠我家的钱还我们……"

五奎一脸冷漠，说："那种人，就应该让他受受苦，别拿钱赎他！别说我没钱，就是有钱，也不会还你们！"

娘无声地退了回来，在心底骂了无数遍的"恶霸"、"畜生"。

那年我也十五岁了，既痛恨五奎伯的无耻，更痛恨爹的不争气。我对娘说："娘，咱不借钱了，关仨月就关仨月吧！"

仨月之后，爹终于从拘留所出来了，瘦了一圈。

爹得知五奎不还钱还说风凉话时简直气炸了，大跳大骂着到五奎家挑衅。五奎不客气地一推，把爹爹推出几米远，后来幸亏淳朴的村民们拉住了双方……

三年之后，我考上了大学，爹娘高兴坏了。爹拉着我，到爷爷的墓地去上坟，他一边烧着纸钱，一边乐滋滋地说："爹，你孙子考上大学了，我是没啥出息，不过我养了个儿子出息了……"

爹娘高兴之后，接着就开始发愁了。这些年，爹本来就没挣到多少钱，再加上花钱大手大脚，还偶尔去赌钱，娘根本管不住他，家里没攒下什么钱，连我读高中的学费也是七拼八凑借来的。

就在我们一家人愁眉不展之际，五奎伯竟然主动找上门来。

那晚，五奎伯推开我家的门，爹娘看见五奎进来，都非常意外。五奎伯径直走到我身边,将一个存折递给我,说:"孩子,这是你的钱,你爷十年前为你存下的,你家的情况你自己也知道,你爷爷就留了一手……"

我接过五奎伯递过来的存折,是定期存款,连本带利一万多,户名赫然写着我的名字……

一时间,我热泪盈眶,这下,我四年的学费基本上就解决了。

这时,五奎伯转向我的爹妈,说:"兄弟,弟妹,知道为什么我不还你们钱吗?因为我压根儿就不欠你们的!这存折,是叔嘱咐我,让我代他孙子保存的。你们说我不还钱,说我是'恶霸',我又有什么办法呢……"

爹颤巍巍地站起身来,一把抓住五奎的手:"五哥,你……你不是恶霸,你是天下最好最好的好人!"

一套茶具

诺文沙开了一家饭店,由于诚实守信,头脑活络,再加上又高薪聘请了五六个有一手绝活的厨师,饭店一直生意兴隆,三五年下来也有了一些积蓄。

尽管腰包已经鼓了起来,诺文沙依旧十分节俭,一方面他家有着节俭的传统,另一方面,他深知创业不易,守业更难。

诺文沙虽然自己节俭,为人处世却从不吝啬,该花钱的时候,他从不心疼。譬如说,每年年终到各机关部门打点一下,邀请各个领域有头有脸的人物来饭店聚聚,顺便再送上点儿交通费、小礼物……

这年年终,诺文沙为自己的贵宾们每人准备了一套紫砂茶具,做工精细,看上去古色古香的,价钱也基本可以接受,每套大约三百元。

聚会按照往年那般举行,该邀请的人都邀请到了,只差黑三儿了。要说这黑三儿,并不是什么显赫人物,既不是官员,也没有多大势力,可是,由于他膀大腰圆,又有点儿拼命三郎的劲头,还有一帮兄弟时不时地在街上闹点事儿,在城里也是个响当当的主儿。

宾客们都酒足饭饱、心满意足地离开后,诺文沙开始考虑黑三儿的事儿。他本打算亲自上门将交通费和那套茶具送上，一打听才知道，黑三儿居然被一个精神病人砍伤住进了医院。看望病人带茶具显然不太合适，诺文沙随即调整思路，也向黑三儿表示了自己的一番心意。

事情总算圆满结束了，诺文沙松了一口气。这时，他才想起还剩下一套茶具，心头一动，决定孝敬给爸妈。爸妈也是喜欢喝茶的人，可一直连套像样的茶具都还没有呢！想到这里，诺文沙的心底不由自主地涌起一阵酸楚。

诺文沙把茶具拿给父亲的时候，父亲愣了好一会儿才回过神来，接着紧张地问儿子是不是出了什么事。见儿子再三表示没事，才最终放下心来，乐滋滋地接过那套茶具。诺文沙觉得有些惭愧，就借故赶紧溜了出来。

一个星期之内，爸妈竟然有五天都邀请了老朋友来家里品茶，每有客人来时，他们都兴致勃勃地把那套擦拭得一尘不染的茶具拿出来，向大家展示，并一再强调，是儿子花了好几百块专门买给他们的。那种骄傲幸福的表情，诺文沙无意间看到了，泪水在一刹那就涌了出来……

他送出了几十套茶具，那些人都拿得心安理得，有些人连"谢"字都懒得说一个，甚至有些人多少还有点儿不屑。而这套无意间遗漏给父母的茶具，却成了自己孝顺的证明，每想到这里，他都想苦笑一下，而每次溢出来的，都是泪水……

老师，我听到了水流的声音

我出生在西部的一个小山村里。小时候，我总喜欢一个人爬到高高的山冈上，看远处起伏延绵的山峦，幻想着有一天自己能够走出这些大山，看一看山外的世界。

那时，山村里没有几个读书的孩子，我是这些孩子中最聪明的一个，也是思想最古怪的一个，总是拿一些我们从来没有见过或者听说过的东西，去问给我们上课的那位五十多岁的老师。他好多次的回答都支支吾吾的，听得我一头雾水，若再追问，他就会把眼一瞪，用大而发黄的眼珠盯着我，恶狠狠的，我只好把问题吞回肚子里。

后来，村里来了一位女教师，姓马，是师范学院毕业的学生，自愿到我们那个小山村。以后的日子，我们就跟着马老师读书、认字。她懂得的知识很多，而且又特别地喜欢我向她提问题。那时，我一直记着"江"、"河"的概念，却不知其意。她对我说，中国有许多美丽的大江大河：长江风高浪险，黄河水流湍急，松花江妩媚动人。她还拿出自己的照片来，让我看她在江边的留影，告诉我水流因大小不同就会有不同的声音，溪水潺潺，河水哗哗，江水则像雷鸣一般……

我听得瞪大了眼睛，却丝毫想象不出水流的声音是什么样的。晚上，我问母亲，她只好将从数里之外打回的水，用水瓢舀起，高高地倒下来，问："娃，是不是就是这样的声音？"我仍很茫然。后来问了马老师，她好久没有说一句话，最后才缓缓说："等你长大了，见到了外面的世界，你就知道了……"

一天，一个男子到村里来找马老师，在村里住了几天。后来，我看见那男子怒气冲冲地走了，走时似乎还在嘟囔着"你后悔的时候就晚了"。过了几天，我们才知道，那男子是马老师的未婚夫，是来催促她回家结婚的，可是马老师说她舍不得这些可怜的孩子……

后来，我跟随亲戚到了河南的一个小县城读书。县城离黄河不远，空闲时，我总会找辆自行车，带上一本书去河边。看书累了，就欣赏那些追逐着嬉戏着的浪花，回想马老师给我讲解的情景，我真想高声呼喊：我见到水流了，听到了水流的声音，看到大江大河了！

再以后，我考上了一所滨海城市的大学，见到了大海。每次见到水域，见到惊涛骇浪或者波光涟漪，我就会不由自主地想起马老师的话：等你长大了，走出大山，见到了外面的世界，你就知道了……

暑假里，我回了一趟小山村，才知道马老师已经不在人世了。听乡亲们说，自从那男子走后，马老师一直都郁郁寡欢的。两三个月后，她去了县城一趟，回来后一直脸色苍白，一天，她晕倒在那间四面透风的教室里。医生说，她前不久做过堕胎手术，身体虚弱，患有贫血症，又没有足够的营养，再加上超负荷的工作，已经无药可救了……

站在老师的墓前，我满含眼泪，默默念叨：马老师，是您对我说,这世界上还有一种叫作"水流"的声音,为了这种梦里幻想的声音,我追逐着,不懈地努力着……现在,我已经听到过水流的声音,已经见到了外面的世界,可您却长眠在狭仄的坟墓,长眠在干燥的黄土下……

天下最美的母亲

小伟是一个品学兼优的孩子,学校里的老师都很喜欢他。只是每到开家长会的时候,小伟总是有些魂不舍守的,常常没有家长前来。老师们都感到纳闷,因为像他这般优秀的孩子,都是盼着开家长会的。这既是自己的骄傲,也给家人增光不少。

然而,家长会却成了小伟的心病。因为父亲一直忙着工作,只有到周末的时候才回家一次。即使是回到家里,也只是在母亲特别忙的时候才会放下手中的书本,帮母亲做一些事情。

母亲倒是对开家长会比较热心,特别是在小伟读小学的时候,每次家长会她都会早早地赶到,热心地同老师们交流。那时候,小伟一直是父母的骄傲,不仅学习成绩很好,懂事,活泼,而且还很有音乐特长,能够拉出优美的小提琴协奏曲。可是,到了中学以后,小伟就不肯让母亲来学校参加家长会了,因为母亲脸上的那道伤疤。那伤疤红一块紫一块的,衬得母亲的眼睛看起来也是一只大一只小,很不谐调。

小伟觉得,从自己记事的时候起,母亲的脸就这样。只是那时年龄小,也没觉得有多难看,而且,他的小学是在自家所在的社区内读的,同学和老师都是他们熟悉的人,对母亲脸上的伤疤已经看习惯了,似乎也不觉得有什么异样。但上中学的第一天，母亲送他的时候，他注意到许多同学都在往母亲和自己这里瞧，有人不怀好意地笑着，有的还交头接耳、窃窃私语……那一刻，小伟才感觉到母亲脸上伤疤的难看。而和母亲走在一起，似乎自己也成了一头奇怪的动物，成了同学们侧目甚至嘲笑的对象……

从那一天之后，小伟就再也不愿意和母亲走在一块儿，更不愿意母亲跑到学校去看望他。因此，每次开家长会的时候，他都感到格外郁闷，每次都编织谎言蒙混过去。

初一那年的暑假，小伟去了外婆家。那是山脚下的一个小村庄，山上是国家级自然保护区，绿树成荫，山坡上不知名的花草挤挤压压的，竞相展示着自己的姿色。清晨还能听到鸟儿清脆的歌唱。在繁忙的城市里待了几年，乍到山清水秀的乡村，小伟感到一切都是新鲜的，心情也格外舒畅。

一天，小伟帮外婆收拾家具。在一个箱子里，小伟看到一张照片——他认出其中一个人就是外婆，大概40多岁。外婆的身边有一个漂亮的姑娘，小伟觉得非常面熟，可就是想不起是谁。于是，他就拿着照片跑到外婆身边，指着照片上的人问："外婆，这个人是谁呀？长得很漂亮呢……"

外婆瞅了瞅照片，沉默了一会儿，才说："傻孩子，那是你妈妈啊。那时，你妈妈才19岁，长得像一朵花一样……"

"可是，母亲怎么变成现在这个样子？"小伟按捺不住好奇，终于又问了一句。

"那还不是为了你呀！为了救你让狼给抓的……"接着，外婆给他讲了十几年前那个惊心动魄的故事。

那是小伟两岁多的时候，父母都在那个山脚下工作，爸爸在乡政府做会计，母亲在林场工作。那天中午，小伟睡着了。母亲就赶紧钻进厨房做中饭。

饭做了一半，母亲突然听到小伟啼哭的声音，连忙放下手里的活儿，快步跑回屋子。一进屋子，她禁不住大吃一惊，原来有一条"大狗"正在对着孩子的脸嗅来嗅去。

"滚！打死你！谁家的狗啊！"

母亲一边喊着，一边顺便把手里的擀面杖扬起来，想把"大狗"吓跑。就在"大狗"回头的一刹那，母亲惊叫了一声，"大狗"的眼睛里正放射着绿莹莹的光，原来是一匹狼……

狼似乎并没有特别在意来人，而是再次将嘴巴伸向孩子的脸。母亲再也顾不上自己的恐惧了，用擀面杖狠命地向狼砸去。遭这一记突袭，那匹狼掉转头扑了过来……

小伟听完，早已泣不成声，他后悔自己一直不理解母亲的苦衷，甚至背地里埋怨母亲屡屡伤害自己的自尊，让自己丢脸。可是，对这一切，母亲从来没有抱怨过。

后来，小伟问母亲为什么不告诉自己，母亲说，都过去了，还提那些做什么，现在咱们不都好好的吗？我从来没有后悔过，哪怕你一直嫌弃我……

小伟再也忍不住，一把抱住母亲："母亲，您是天底下最美丽的母亲，我怎么会嫌弃您呢……"

不久，市里举行了一次作文比赛，小伟把自己的故事写了出来。写自己的内疚，写自己的忏悔，最后，他写道："母亲啊，您永远是最美丽的，不管您脸上的伤疤有多么难看！"

语文老师在课堂上朗读了这篇唯一的获一等奖的作文。朗读完毕，教师里一片静寂，许多人都感动得流下了泪水……

又要开家长会了，小伟早早邀请母亲，要母亲去开会。家长会的前一天，语文老师交给了小伟一封信，让他转交给母亲。

母亲打开信，刚刚看了几行，手就开始颤抖起来，声音也哽咽了："谢谢,谢谢你们！我的好老师,我的好孩子们……"

信上写着："母亲：我们请您来参加我们的家长会。我们爱您，像小伟一样爱您！我们都知道，您是世界上最美丽的母亲……"信的最后，是老师和全体学生的签名。

泪水再次模糊了小伟的眼睛……

真爱无言

住进宿舍不久,我们不时会接到一个奇怪的电话,"喂"了好几声,那端却无人应答。起初,我们猜想许是线路出了问题,就将电话挂了,等着铃声再次响起,但再试还是如此。

后来,我们还发现,每当接过莫名其妙的电话,一向沉默寡言的小吴很快就会往家中打一个电话,而且,每次打电话他都像是说单口相声,一反常态、喋喋不休地讲述着自己的生活,说一切都好,不用挂念之类。

揭开这个谜底是在一个冬日的早晨。那天,我们一睁眼,发现窗外已是白茫茫的一片了。原来下了整整一夜的雪,北风还在疯狂地肆虐着。我们都拉了拉被角,继续享受温暖的被窝。就在这时,电话铃响了,离电话最近的我接了电话:"喂,请问你找哪位?"无人说话。"你是谁呀?再不说我就挂了!"我有些不耐烦,大声地对着话筒说。

小吴光着身子跑过来,喊道:"别!别挂!是找我的!"

我分外惊诧,莫非他有特异功能不成?可他不由分说,就将话筒抢了去:"喂,啊,妈,是你呀!怎么又给我打电话了?我知道下雪了,天很冷,我穿的衣服厚着呢!我会照顾好自己的……"

电话挂断后，小吴忙穿好衣服，接着，他用缓慢的语调对大家说："我给你们讲一个故事吧，是一个真实的故事。这个故事发生在十五年前。那时，有一位年轻的母亲，带着五岁的孩子生活，孩子的父亲在外地工作。他们的生活很艰难，母亲一面工作，一面还要照顾尚不懂事的儿子。有一天，母亲下班回来，看到房子着火了，冒着滚滚浓烟。她不顾一切地冲进了屋子……后来，母子两人都得救了，但那位母亲为了护着儿子，受伤很重，一直高烧不止，被抢救过来之后，她再也不能说话了……"

小吴停了一会儿，我们发现他已是满脸泪花了。沉默了好一会儿，他接着说："那个孩子，就是我……"

原来，真正的爱，是不需要任何语言的。

还 钱

"这墙还是邻村的徐泥匠给砌的呢。"娘时常会念叨这句话。

每当听娘说这句话,我都会记起徐泥匠的模样。他中等身材,脸上有些许皱纹。徐泥匠不爱说话,干起活来却一板一眼的,砌出的墙也平坦如砥,尽管用的是泥,却从来不会因风吹日晒开裂。

徐泥匠在我家干活已是十多年前的事了,但我仍然记得他第一次到我家那天,他在墙坯附近转了转,接过我递过去的水,喝了一口,说:"你们放心,如果我干的活儿恁不满意,恁不用付钱!"

五年前,我家翻新了房屋,徐泥匠砌的墙被推倒,垫进了新房根脚里。

娘仍时常念叨以前那堵墙,屡屡说:"咱家以前那房子的墙,还是徐泥匠给砌的……"

再说这话的时候,我听说徐泥匠已经领着儿子去了宁夏,在那里领了一班人,在做一些建筑、装修之类的小活儿。

在娘的念叨声中,我一步步考上初中,考上高中,后来,又念了大学。工作了三个月,赶上国庆长假,我带着五千块钱回了家。

我把这一叠钱放在爹娘面前："爹，娘，你们供我上学辛苦了一辈子，这点儿钱，你们先拿着，买点儿吃的穿的吧……"

爹满面喜色，娘眼含热泪。

过了一会儿，娘恍然大悟似的，说："孩啊，听说两天前徐泥匠回来了，你拿一千块钱去还他吧……"

我万分诧异："徐泥匠都外出五六年了，咱什么时候问他借过钱啊？"

听我这么问，娘的脸上现出了几丝羞赧，说："孩子，还记得十几年前徐泥匠给咱家砌墙吧，本来说好了是五十块钱的工钱，可是正好赶上你要交学费，娘实在借不到钱了，就想了个坏法儿，硬说他墙抹得不平，想扣他十块钱的工钱……"

顿了一会儿，娘接着说，"可那徐泥匠是个硬性子，走的时候甩下一句话：'大妹子，你要觉得活儿干得不好，就不用给钱；要是觉得活儿还不错，等有钱你再给吧'……"

说到这里，娘脸上已有些泪花："孩儿啊，那时家里确实穷，你又不能不上学，娘这辈子就做了这一件昧良心的事儿……"

拿着一千块钱，我来到了徐泥匠家。他家也早已焕然一新，两层小楼亭亭玉立，明窗净儿。

看到我来，徐泥匠有些惊诧，又有些欣喜，连忙招呼我进屋去坐。

我把一千块钱交到徐泥匠手上："徐大伯，真是对您不住，您看，您给我们砌墙都十几年了，这会儿才把工钱给您！我连本带利都给您拿来了……"

见我如此说，徐泥匠一把抓住我的手，说："孩儿啊，我一直等恁来还钱啊！我知道，你们肯定会来的，你们要是不来，我心里还真是放不下，那一定是因为我活儿干得不好……"

然而，徐泥匠最终只收下五十块钱，他说："咱也不差这五十块钱，咱收这钱，图的就是大伙儿觉得我这活干得还不赖……"

听了这话，我心头一阵战栗，接着，是一股持久的静谧。

智者之桥

很早以前,两兄弟比邻而居。四十年来,他们一直是最好的邻居,一起劳作,一起分担生活中的困难,一起享用美味……

然而这天,由于一点儿小小的误会,两兄弟发生了第一次冲突。分歧越来越大,经过几个星期的"冷战"之后,两人竟然因为一点儿小事情又大吵大闹一番。

一天清晨,有人敲响了哥哥约翰的门。约翰打开门来,发现是一个带着工具箱的木匠。"我想找一个短期的活儿。"木匠彬彬有礼地说,"先生,请问您有一些小的工作需要我给您帮忙吗?"

"哦!是的。"哥哥约翰答道,"我正想请人帮我做活呢!你看,这条沟那边的田地,那里是我的邻居……实际上,他还是我的弟弟……我们两家之间有一条草甸,就在上个礼拜,他开推土机来,把这堤坝给挖开了,于是就有了这条沟!他这样做是为了激怒我,羞辱我。不过,我会比他做得更绝!你看到谷仓旁边的那堆木头了吧?我想在这里建上一道篱笆——一道两米高的篱笆,我再也不想看到他那张难看的脸……"

木匠说道:"先生,我想我已经理解了您的意图,请告诉我钉子和挖掘机在哪里，我干出的活儿一定会让您满意的！"

约翰因为有事要进城，因此，他帮着准备好原料和工具后，就匆匆离开家去了城里。木匠开始工作：测量、挖土、钉钉子……

日落时分，约翰从城里回来了，木匠也刚刚做完他的工作。约翰看到了木匠做的活儿，他的眼睛瞪得大大的，惊诧得连手中的杯子都失手落地，一下子摔得粉碎——哪里有什么篱笆啊！那里只有一座新建的木桥，这座桥恰好将两兄弟家的田地连在一起……多么精巧的手艺啊！约翰心里不由自主地感叹着……

就在这时，他的邻居——他的亲弟弟也走了过来，他的手早早地就伸了出来："哥哥，您真是太宽宏大量了，不计较我的所作所为，还修了这座桥……"

兄弟两人在桥的正中间走到了一起，紧紧抓住对方的手，眼睛里都晃动着闪闪的泪光……当他们转过脸去时，见那木匠已经扛起了自己的工具箱……

"先生，您等一下，我想让您在这里多待几天，我还有其他的活儿想请您帮忙！"哥哥约翰急切地喊道。

"我非常愿意继续在这里待下去，"这木匠淡淡一笑，"不过，我还有更多的桥需要修呢！"

寻找父亲

范老师急匆匆地走进教室，满面焦急，眼神中闪烁着几丝痛楚与不安。刚站到讲台上，她就迫不及待地说："同学们，今天，我有件事情想请大家帮忙，我一个朋友的父亲走失了，他患有老年痴呆症，我希望大家放学回家的路上留意一下，帮忙找找他父亲，我朋友愿意拿出一万元作为酬谢……"

一听这话，教室里立即炸开了锅，这群正处在青春期的孩子纷纷议论开来。还是班长吕小可最有主见，她站起来问道："范老师，您这位朋友的父亲长什么样？有没有照片？我们也好有目的地去找啊……"

此话一出，得到同学们的一致附和。

范老师面有难色："孩子们，这位父亲长相一般，身材中等，有些消瘦。他平时很节俭，连一张照片都没舍得照。这样的寻找的确有点难，我希望大家能跟遇到的老年人多交流一下，见到迷路的老年人主动问一下，说不定你们就能碰到这位父亲呢……"

顿了一顿，范老师接着说："这位父亲很可敬，以前他们家里穷，有了什么好吃的东西都给子女留着。表面上他非常严厉，可是孩子一旦有个头痛发烧，下再大的雨雪，他都会背着孩子第一时间赶到医院……"

听到这，连班上最调皮最叛逆的林仲道也喃喃自语："怎么越听越像我爸爸呢……"

这节课后，孩子们上学、回家、逛街、游玩时都多了一份任务，寻找那位走失的父亲。然而，由于没有照片，也没有更确切的描述，犹如大海捞针一般，只是见到神情迷茫或者有困难的老人时，孩子们便主动走上前去询问，不是那位父亲，就帮助他们找到回家的路，有几个热心的孩子还把一些迷路的老人送到家……

半个月过去了，那位父亲仍然音讯全无。

这天晚上的班会上，范老师激动地说："孩子们，首先我向你们道歉，两个星期前我让大家帮忙的事情，要寻找的那位父亲其实是再也找不到了，因为他已经在半年前去世了！"

孩子们一个个都惊愕不已，有些人甚至有了几丝愤怒的表情。

范老师笑了笑，接着说，"但是，我们这次'寻找父亲'的行动是非常成功的，半个月里，我们班的同学们帮助老人有200多人次，我们收到的表扬信比去年的总数还要多！"

这下子孩子们激动了，使劲儿鼓掌，给自己的老师，也给自己。

"而且，最重要的是，我们班所有的同学，对自己父母的态度都有了明显的改变，好多家长都打电话问我，你们给学生用了什么灵丹妙药，让他们一下子孝顺了许多？就在刚才，林仲道的父亲还来我的办公室，高兴地说，他家林仲道只用半个月的时间就长大了，他又找回了那个听话懂事的好孩子……"

林仲道的脸红了，眼里却洋溢出喜悦的神采，同学们的眼睛里也都闪烁着欢欣的泪光，他们的掌声更热烈了！

猎人梦

陈师尧正在课堂上给学生们上课,讲的是苏东坡的词《江城子·密州出猎》。

"左牵黄,右擎苍。锦帽貂裘,千骑卷平冈。为报倾城随太守,亲射虎,看孙郎。酒酣胸胆尚开张。鬓微霜,又何妨。持节云中,何日遣冯唐。会挽雕弓如满月,西北望,射天狼。"他用铿锵有力、抑扬顿挫的声音朗诵着这首词,突然觉得体内有一股热气冉冉升起,仿佛自己正驰骋猎场,一箭射下去,一头猛虎轰然倒地……

学生们噼里啪啦的掌声打断了他浮想联翩的白日梦幻。陈师尧心底慨叹一声:唉,要是当一个猎人,整天与山林为伍,以禽兽为生,不用为学术成果奔波,不用为职称评定忙碌,狩猎深林里,悠然见南山,那该多好啊……

下课后,陈师尧回到家里,陪着七十多岁的老母亲拉家常。

"娘,我今天给学生们上课,讲到苏东坡的《江城子·密州出猎》,突然想去当一个猎人!娘,你看,我拳头这么大,胳膊这么粗,眼睛也很尖,要当猎人的话,一定是个出色的猎手!"陈师尧声情并茂地说着,脸上满是对猎人的羡慕之色。他和母亲一向是无话不谈的。

"这孩子，都四十多岁的人啦，还和小时候一个样啊，那么爱做梦……"娘呵呵一笑，皱纹荡起来，看着高高大大的儿子，心底不由自主地泛起一丝酸楚。

当夜，陈师尧居然真的做了一个猎人梦。

那是一个秋后的日子，他骑在一匹乌黑的骏马背上，与三五个伙伴同行，风呼呼地吹，并不寒冷。突然之间，草丛中一匹花鹿惊慌而逃，他纵马去追，同时拉弓搭箭，只听得嗦的一声脆响，那匹花鹿一个跟斗摔翻在地，颤巍巍地抽搐了几下……"草枯鹰眼疾，雪尽马蹄轻。"他突然记起了王维的诗，心头有了一种无与伦比的快感……

"娘，昨天刚给你说了，我想当一个猎人，这不，夜里我就做梦了，我骑在马上，一箭射倒了一头花鹿。当个猎人，真够幸福的……"醒来之后，陈师尧向母亲讲述着那个意犹未尽的梦。他神情激越，眼睛里泛着异样的光彩。

"哎呀，这孩子，竟是瞎想……"一向健谈的母亲竟然沉默了，眼里隐隐约约有些慌乱。她垂下了眼帘，似乎心底在剧烈地斗争着，但最终什么也说。

第三天的夜里，陈师尧竟然又做了一个猎人梦。

这一次，他是和一头豹子决斗。他和豹子斗智斗勇，坚持了十几分钟，最后，豹子矫健地扑向他，他沉着地闪开，与此同时，用手里的匕首划破了豹子的腹部……

醒来的时候，陈师尧几乎筋疲力尽了，却觉得分外得畅快，分外得高兴。

"娘，真是奇怪啊！我今天又做了一个猎人的梦。梦中，我被一头豹子困住了，最后，我拼尽全力，才杀死了它……"

陈师尧和往常一样，又兴致勃勃地向母亲述说着自己的梦境。

想不到母亲听到这里，眼泪再也忍不住，一下子涌了出来。

在儿子惊讶急促的追问下，过了好一会儿，母亲才缓缓地说："师尧，事到如今，我也不得不把你的身世告诉你了……你……你本来就是一个猎人的儿子。你家本在深山里，世代为猎，只是你两岁那年，你的亲爹死在老虎洞里……你亲娘再也不愿你继续当一个又苦又累又危险的猎人，就忍痛割爱，把你送给了不能生养的我。因为我住在城里，能给你提供较好的教育条件。而你亲娘，没过几年就追随你爹去了……"

最后的家长会

从记事起到大学毕业,我一直都是父亲眼中的骄傲。我考取了重点大学,大学期间,又频频在各大报刊发表文章,父亲当然也屡屡作为"教子有方"者为人所羡慕。

我知道自己可以让父亲得到欣慰,但是有很多次,本可以给父亲更多的幸福感的,却被自己轻易地放弃了——这大抵是因为父亲相貌的缘故。原本父亲是一个长相颇为俊朗的男子,可在我两岁时,父亲得了一场重病,医治了大半年才痊愈。由于脊椎萎缩,父亲的背有些驼,身材矮小了许多。

父亲的矮小驼背让我在同学们面前有些自卑,因此每次的家长会我都缠着母亲参加,如果母亲真的很忙或者出差,我干脆就向老师撒谎,蒙混过关。数次之后,父亲似乎也习以为常了。

随着渐渐长大,我才明白自己年幼时的任性是多么自私,给父亲带来多么严重的伤害,更让自己不能心安的是,父亲的矮小完全是因我而起的:那是一个雨夜,两岁的我发了高烧,父亲抱着我赶往镇里的医院,雨伞无济于事,父亲只好把我裹在怀里,到医院时,父亲已经浑身湿透了。等我的高烧退下来,父亲也病倒了……

我22岁那年大学毕业,被评为优秀毕业生,学校院系的领导建议父亲参加我们的毕业典礼,我也希望父亲能参加我最后一次的"家长会",就打电话给他。开始时父亲一直不答应,见我诚恳,就说尽量赶来吧。

毕业典礼下午5点结束,我始终没有等到父亲。5点多的时候,我才接到父亲的电话,他满含歉意地说:"真是太不巧了,我坐的K786次车晚点了,到现在才到火车站,你来这儿陪我转转吧。"

送走父亲后,恰好碰到一位朋友送走母亲回校,我们一路闲聊。我说到K786晚点了,他很是惊讶,然后说:"绝对不会啊!我妈坐的就是那趟车,到咱们学校时离典礼开始还有一个小时呢!"我一时语塞,什么都明白了,鼻子酸酸的……

拆 迁

  庄大富第一次来到临河寨的时候，心里不由自主地一阵暗喜。这可是一块风水宝地啊，寨子位于市郊，交通发达，离市中心只有不到二十分钟的路程，更重要的是依山傍水，不远处就是百亩城湖，湖面烟波浩渺，鸥鸟翔集，波光粼粼，一碧万顷……

  我要在这建高档别墅，让这里变成这座城市最受青睐的住宅区！庄大富在心底暗暗盘算，他感觉到一沓沓百元大钞正向着他汹涌而来。

  庄大富历来雷厉风行，想到做到，他当天就跟主管城建的副市长打了电话，副市长听了庄大富的豪言壮语很是赞许，决定要帮他拿下这块土地。

  有副市长的鼎力支持，庄大富很快就拿到了土地批文。

  眼看万事俱备只欠东风了，可偏偏在拆迁上遇到了难题。一对年逾七旬的老夫妇，葛老头和葛老太，死活不愿意离开自己住了一辈子的小院。负责配合拆迁的政府官员先是好言相劝，见没有效果，又使用强力相逼，甚至扬言要派保安将他们强拉出屋子，强行拆迁……

  庄大富不想把事情搞大，一天晚上，他带着自己的助理，找到软硬不吃的葛氏夫妇。按照庄大富的推测，这对老夫妇之所以不肯搬走，只不过想多要一些拆迁补偿费而已，多掏个三五万元，对他来说并不是什么大问题。

"葛大爷，葛大娘，我知道你们舍不得这个小院子，我会给你们补偿的，这是三万块钱，你们收下，不要对外人讲，拆迁费照样一分不少付给你们……"

庄大富说完把钱放在桌子上，然而，他意料中的情形并没出现。葛老头依然一脸冷漠，说："你的钱我一分不要！我们老两口要在这里陪儿子，你们要真是想拆这房子，铲车得先从我身上碾过……"

庄大富这下没辙了，只得悻悻而归。

第二天，庄大富又去了葛家，却在离临河寨不到一公里处，被堵在了路上。原来那天正值孩子们报名上学，争先恐后的家长们早把学校门前围得水泄不通。

庄大富正在懊恼，突然听到一阵哭声："天哪，我孩子都九岁了，今年又报不上名了，孩子学都上不成，我活着有什么用啊……"另一个妇女也在抹眼泪："我女儿今年要考初中，可是学校离这里五六公里，十三四岁的孩子，怎让我放心得下……"

看到这里，庄大富心底一阵酸楚，想起了自己的经历，当年家里穷得揭不开锅，只好拿着大学录取通知书到南方谋生，经过炼狱般的磨难，才有了今天……

思索了一会儿，庄大富掏出电话，拨了一串号码，斩钉截铁地说："我决定不建别墅小区了，我要在临河寨建学校！从幼儿园到高中，建成这里最漂亮最实惠的学校……"

第二天，庄大富不建别墅建学校的新闻传遍了大街小巷，市里、省里甚至中央级媒体的记者纷纷来采访庄大富。

庄大富自始至终只说了一句话："我不想孩子们像我那样，想读书却没有书读！"

应付完记者，庄大富晃晃悠悠地朝自己的办公室走去，却见到难缠的葛氏夫妇正在办公室门口等他。

庄大富把这对老夫妇让进办公室。葛老头眼睛红红的，说："庄老板，我们的房子，你拆吧，给孩子们建学校，你不给我钱我也愿意……"

庄大富觉得万分意外，正想问个究竟，那葛老太哽咽着说开了："庄老板，你别怪我们不通情理，我儿子就埋在我们院子里，他死了二十多年了，那时候这边没学校，他是……到湖对面上学，过独木桥时掉进湖里淹死的……要是这边有学校，孩子他不会死啊……"说毕，她把拆迁协议书递了过来，协议书上赫然签着他们夫妇的名字！

庄大富忍了忍即将涌出的泪水，在心里一遍一遍地重复着："原来，这拆迁并不难啊！"

第二辑　　淡然有味

静水流深得真道,人间有味是清欢。于平淡之间找寻生活的真谛,于凡常之中感知生命的本源。格物致知,见微知著。

一支曲子的快乐

住进医院的第一天，我便看到了那个脸色苍白但笑起来很阳光的孩子。他叫乐乐，大约十岁，生下来就有心脏病，两个月前又查出患有尿毒症，身子瘦瘦的。

然而，乐乐的生活并不像我想象中的那么苦。他精神很好，喜欢和所有人说话，爱笑，爱音乐，爱幻想，和我熟络之后，竟自告奋勇为我拉一曲小提琴《梁祝》。说实话，乐乐拉得并不好，但他很专注，很投入，也很自豪。我热情地夸奖了他，他高兴得扑到我怀里亲了我一口。可我心底却有涩涩的味道，我很清楚，留给乐乐的日子已经不多了。

乐乐有个音乐老师，姓梁，每两天来一次，给乐乐讲授小提琴课程。每次上课之前，乐乐都把自己收拾得干干净净，还要练熟上一堂课学的曲子，以便再博得老师的夸奖。乐乐的孩子气让我感动不已，而心里总是在嘀咕：还不知道这可怜的孩子能活多少天，即便学再多的东西又有什么用呢？

那天傍晚，梁老师正在给乐乐上课，我闲着无事，就按照医生的嘱咐，到医院的花园散步。当我坐在石阶上休息的时候，忽然看到乐乐的父母在送梁老师回去，我听见那个苦命的母亲悲痛地说："梁老师，非常感谢您对我们家乐乐这么好，不辞劳苦为他免费上课。可是，医生今天说了，乐乐最多还能活两个月，您要是忙的话，以后不来也是可以的……"

静默了好一会儿，梁老师才说："大姐，说实在的，乐乐是否多学会一支曲子，对我们的生活和这个世界已经没有多大意义了，他的生命不久就要结束……可是，多学会一支曲子，对他来说是多么重要啊！这意味着他多了一分快乐，多了一分自信，多了一分骄傲……我的这些付出又算得了什么呢？"

乐乐的父母在小声地啜泣，我不由得也震颤起来：我们往往只关注自己的得失以及物质利益，却常常忽视了灵魂深处本该重视的东西，譬如教一个病危的孩子多拉一支曲子，譬如一支曲子给孩子带来的快乐！

把赶路当散步

家离上班的地方只有两公里。夏天,天气凉爽,空气清新,我骑车上下班。冬天,雾大天冷,手脚不便,我每天只好步行。步行的时间长了,不免枯燥,尤其是在需要赶时间的时候,屡屡气急败坏,抱怨不止。

一天早上,因为起床比较早,时间还很宽裕,我优哉游哉地晃悠着,往单位走去。

走到第一个十字路口的时候,我被路边的一个姑娘吸引住了。说是吸引,主要是因为好奇。那是一个卖包子的姑娘,一袭红衣,在冬日里尤其鲜艳。有顾客的时候,那姑娘就一脸灿烂的笑,忙活着招呼客人。没有客人的时候,那姑娘就将包子严严盖好,略略走出三五步,欢快地跳起舞来。舞姿说不上优美,却也很流畅,如同冬天里的一团火焰,又像严寒中的一朵红花,分为显眼,分外动人,给人宽慰,又让人温暖……

后来,我每路过这个路口,就会朝红衣姑娘打量一番,若没吃早饭的话,必会在这里买上几个包子。

时间一长,我和这红衣姑娘渐渐熟识了——原来,她竟是去年毕业的大学生,由于没有找到合适的工作,就帮着父母在家照顾小店。生活尽管不如她所愿，可她依然自信，依然乐观："我喜欢舞蹈，于是，我就把干活当作跳舞，这样，即使忙点儿累点儿也是快乐的。就像你喜欢散步一样，可以把赶路当成散步。"

"把赶路当作散步"，当我听到这红衣姑娘说出这样的话时，竟不由自主地呆住了，一刹那，似乎有一种晶莹剔透的光芒洒向了我，照在我的心头。

多么豁达！多么诗意！

生活中总会有很多不得不做的事，总是要赶许多不得不走的路，假如我们转换一下心态，把每一次赶路都当作散步，赶路就不再是一种负担，一种煎熬，反而是一种乐趣，一种享受，我们的日子就会充满阳光，充满艺术！

真正的灾难

梁子和我同岁,我们自小就是很好的朋友。他的命很苦,据长辈们私下里说,梁子本不是爹娘亲生的,是两岁那年,不能生育的爹娘从一个人贩子手里买来的。

五岁之前,梁子家的生活虽然不富裕,但至少还能维持住温饱。后来,梁子的娘一夜之间得了一种怪病,全身瘫痪了。梁子爹拉着他娘跑遍了全县所有的医院,也没有治好。他娘死的时候,家里一贫如洗,还欠下了不少外债……

祸不单行的是,三年之后,梁子爹在山上采药时一不小心从十几米高的峭壁上摔了下来,没钱医治,只好在乡下小诊所包扎了事。几个月之后,梁子爹能够下地活动了,可惜一条腿也废了。从此,父子俩便在远远近近的村子、乡镇乞讨为生。

在苦难中成长的梁子,却是一个认真好学的孩子。一有时间,他就到学校偷偷听课,有不会的问题就拿来问我。就这样,我成了他最好的朋友。

转眼之间,我们长到了17岁,初中毕业的我无事可做,决定跟随舅舅到外面的城市去打工。听到这个消息,梁子偷偷地找到我,央求着我向舅舅求求情,带上他一起去……

舅舅了解到梁子家的惨状，决定给梁子一个机会。

于是，我们第一次见到了山外的大城市。舅舅领着我和梁子去了一个装修队，给城里人装修房子。我们都是穷苦人家长大的孩子，踏实能干，没用多久就适应了打工的生活。

三个月后的一天，突然有个西装革履的男人领着一个警察来找梁子，把我们都吓坏了，还以为梁子做了什么犯法的事儿。可警察和那男人并没有斥责梁子，而是柔声细气地询问梁子的身世。一听说梁子是两岁那年被拐卖到我们村的，那男人顿时激动得双手颤抖，不顾梁子涂料斑斑的工作服，一把将他揽在怀里，痛哭流涕："孩子啊，我总算找到你了啊……"

原来，这西装男人是这个城市里一个区的区长，他的儿子两岁那年被保姆拐骗走了，从此杳无音讯。我们仔细打量，梁子和这男人长得还真很像。那警察倒还镇定，毕恭毕敬地说："贾区长，依我看，咱们还是先去做个亲子鉴定吧？免得有什么差错。"

亲子鉴定最终证明，梁子就是贾区长的亲生儿子。面对这始料不及的好事，梁子一遍又一遍地问我："小哥，这是真的吗？我该不会是穷疯了，自己做梦吧？"我伸出手，在他胳膊上拧了一下，他叫了一声。我笑着对他说："做梦的话，你怎么会感觉到疼？"

一夜之间，梁子就成了城里人，理所当然也就离开了我们的装修队。

十多天后，梁子坐着一辆锃亮的轿车来找我，要我去他家做客。我第一次见到这么豪华的房子，红木地板一尘不染，里里外外"金碧辉煌"。我觉得颇不自在，丰盛的饭菜竟然没吃出什么味儿来。临走时，梁子拿出五百元钱和一条高档香烟送给我，我推辞半天，最终收下了。回去后，我把香烟挨个散发，大家都说梁子很义气……

再次见到梁子已经是三个月以后了。那天，我正好休息，一个人在公园门口溜达着，突然一辆轿车"嘎"的一声在我面前停下来。车窗摇下来，我看见一张熟悉的脸正对着我笑，好一会儿没认出是谁来。

"小哥，连我都不认识了啊？"一听声音，我才辨出是梁子，一时间很是激动，正想去抓他的手，见他并没有伸手的意思，只好作罢。梁子说，他现在是区里一个局的副局长了，平常很忙，连找我吃顿饭的时间都没有……

梁子和我说了几分钟的话就走了。走时，他硬塞给我几包烟、几瓶饮料。

此后好久没有梁子的消息。大约又过了五六个月，那天正好下雨，我们歇工。我打着伞出去闲逛，在一座天桥下边，看见一个长相极像梁子的人，衣衫褴褛，身上还散发着尿臊味儿。他的面前放着一个破碗，里面扔着几个零星的硬币。

我正徘徊不定间，突然见一个人从轿车上走下来，扔给这乞丐五元钱。谁知这乞丐倒用领导的派头喊着："去去去！拿走，拿走！你这不是想让我犯错误吗……"一听这熟悉的声音，我断定是梁子！

这时候，不少人已经围了上来。有人嘻嘻哈哈地打趣："这是我见过的最有个性的乞丐！"有人说，"可能他是乞丐中的官吧，这么大的架子……"

那轿车上走下来的男人这时开口了:"你们别瞧不起他!他一个月前还是咱们区的副局长呢!只可惜他父亲贪污受贿,东窗事发,千万家产全部被抄了。他也因此被撤职,正准备去美国读书的事儿也泡汤了,从一个千万富翁变成一个穷光蛋,一下子受不了这个刺激,于是就疯了……"

两条狗的友谊

小花是一条狗,之所以被叫作"小花",是因为它背上黑白夹杂,看上去如同一朵花。

小白也是一条狗,之所以被叫作"小白",是因为它背上一片纯白。

小花和小白原本并不认识。一天,小花无所事事,就去河边溜达,顺便晒晒太阳。它正对着太阳发呆,另外一条狗面带和善的笑容走了过来。小花出于礼貌,对它笑了笑。

接着它们就互相问了声好,开始谈论天气,谈论市场上鲤鱼、鲫鱼、武昌鱼的行情。交谈中,小花了解到对方叫小白,住在某某街某某号。小白温文尔雅,小花彬彬有礼,两条狗互相欣赏,互相恭维,离别的时候,竟有些依依不舍了……

它们第二次见面的时候,先是打招呼,之后开聊,不知怎的,竟然就扯到了"理想"这个话题。小花说:"我小的时候,希望自己长大后做个歌唱家,像帕瓦罗蒂一样引吭高歌,站在山冈上笑傲江湖,用自己的歌声为狗类带来欢乐,丰富狗们的文化艺术生活……"

小白听到小花的理想,立刻表示出尊敬,接着说:"其实,现在看起来你就有歌唱家的风度,气宇轩昂,玉树临风,一双眼睛炯炯有神，很有穿透力……要不，你唱两句，让我欣赏欣赏……"

小花唱罢，小白立刻鼓掌叫好，从音色、音质到音调、节奏，大加称赞，感动得小花热泪盈眶。

接下来，小白也说了自己的理想："我想做一个画家，像毕加索一样，用线条来描绘这个世界，颂扬真善美，鞭挞假恶丑……"

小花听了，立即附和："依我看，你现在就有画家的气质——眼神忧郁，毛发修长，而且眼光独到，善于观察社会，观察生活……要不，你在地上抹几笔，让俺开开眼界……"

小白在地上横七竖八地画了几条线，小花马上大声喝彩，从线条、构图到主题、寓意，毫不吝啬地颂扬了一番，激动得小白双爪直抖，声音哽咽。

小花和小白发誓要拜为金兰之交。

恰在这时，只听到"啪"的一声，一块骨头从楼上扔下来，落在三十米开外的草地上。小花眼尖，喊了声"骨头"便扑了过去，可因不如小白健壮，反倒被甩在了后边。小白先衔住了骨头。小花以自己先看见为由，要求分一半，却被小白断然拒绝。

小花气急，又知并不是小白的对手，便骂了声"狗日的"，悻悻而去。

小花和小白的友谊就此完结……

富人区

在洛杉矶，一位美国记者朋友带我去看富人区。富人区就是有钱人聚居的地方。那里优雅、安静，各式各样的别墅千姿百态，每一幢建筑都堪称一件艺术品。

记者朋友好不容易找到了一位房东，向他采访："先生，您好，我是媒体记者，想了解一下，您能住在富人区，与那些还没有富起来的人相比，您有什么高明之处？"

被采访的房东非常礼貌，说："其实，跟别人相比，我并没有什么高明之处，只是遇到的机会比较好而已。如果别人能遇到我这样的机会，他们可能比我做得更好！"我被这位美国佬儿的礼貌和谦逊折服了。在他身上，丝毫看不出有钱人的骄傲和自以为是，他的礼貌和修养让我们真正见识了一回富人。

后来在日本，由于工作的缘故，我也和朋友一起去过几次富人区。日本的富人区跟美国不太一样，但也自成风格，小巧别致，细腻自然，偶尔有樱花点缀，花草相衬，让人感受到川端康成笔下的气息。然而，这样优美典雅的富人区里，却很少见到志得意满的年轻人，更多的是老人和儿童。

有一次，我突然想起那位记者朋友的问题，灵机一动，趁着一辆豪华轿车泊车的工夫，靠上前去采访："先生，您好，我是中国媒体的一名记者,我想了解一下,您能住在富人区,与那些还没有富起来的人相比,您有什么高明之处?"

中年人听说我来自中国,简短而礼貌地表示了欢迎,然后说:"我之所以能取得一点儿成就,主要是我的勤奋,我将每一分每一秒空闲时间都用在了自己的事业上。"他迅捷地回答了我的问题,立即跟我道别,说自己还有一些工作上的事儿需要处理,就小跑着往一幢别墅赶去了。

前不久,我到南方看望一个朋友,闲聊中说到富人区见闻。朋友说,这城市的富人区并不比美国、日本差。于是,我就兴致勃勃地提议去看看。朋友说,这个还真有点儿难度。我说,没事儿,我有记者证。

在富人区门口,我的记者证失去了效用,站岗的保安死活不让我们进去,口口声声说出于小区安全需要。软磨硬泡都不顶用,我决定放弃。恰在这时,一个明显是成功人士的中年人,搂着一个从年龄看可做他女儿的女孩,一边打情骂俏一边走了过来。我抓住这来之不易的机会,急匆匆地迎上去,问道:"先生您好,我是某报社的记者,想采访您几个问题。我想了解一下,您能住在富人区,与那些还没有富起来的人相比,您有什么高明之处?"

成功人士开始一愣,接着出言不逊:"咋了?你怀疑老子的钱来路不正?老子每一分钱都是自己挣来的……"

我忙解释:"先生,您别误会,我是记者……"

成功人士根本不听我解释,打断我的话:"这年头,假冒伪劣的记者多了去了!老子实话告诉你,老子现在黑道白道都有人,打我的主意,小心老子弄死你!"

我和朋友不禁愕然。

等着你自己走出尴尬

12岁之前,我是一个胆小怯懦的孩子,很孤僻,也很自卑,主要是因为我有说话口吃的毛病。大人和孩子们有意无意的笑,总是刺激着我脆弱的心灵,尽管学习还算不错,可日子灰暗极了。

然而,12岁那年,我的生活出现了转折。那天,县教育局领导到校检查听课,上的是语文课,是我最喜欢的刘老师教的。

刘老师的课一直讲得很好,那天也不例外。快下课的时候,刘老师突然问了一个问题,在没有任何征兆的情况下,刘老师点名让我回答。要知道,每次上课提问的时候,我回答问题总是班上最不流畅的一个。我没有料到这么重要的一堂课,刘老师竟然会让口吃的我出来"献丑"。

我呆呆地站着,足足有半分钟,仍然一个字也没回答出来,可刘老师丝毫没有让我坐下的意思。瞥见刘老师仍在定定地看着我的一瞬间,我知道,这次自己不回答问题是躲不过去了。

于是,我强迫自己镇定下来,仔细组织想说的每一句话,大约又过了三十秒,我才回答出第一个字。也许是赌气的缘故,那次回答得居然前所未有的流畅。等我回答完毕,刘老师笑了,说:"这是这节课上回答得最为圆满的问题!"接着,全班同学为我鼓起掌来。

六年之后,我不仅顺利考上了一所重点大学,还成了小有名气的少年作家。

后来,刘老师在通信中告诉我:"其实,那等待的一分钟,对一个教师来说,也许无关紧要,但对于被等待的人就不同了。耐心等待一个人,要他自己走出尴尬的局面,有时候是非常重要的,因为这样的等待,既意味着你对他的信任,也意味着你对他的支持,对他的尊重!"

善良的"副作用"

阿昌是一个孤儿。六岁那年,父亲跌落山崖身亡,母亲再也看不到希望,跟着一个小商贩远走他乡,自此音讯杳无。

阿昌只能跟年逾古稀的爷爷相依为命,生活的困窘与艰辛可想而知。懵懂的少年,正是躁动不安、桀骜难驯的年龄。为了填饱肚皮,再加上生性的顽皮,阿昌常常到远亲近邻的农田里偷瓜摸枣。乡亲们大多是憨厚善良之辈,想着阿昌一个孤苦无依的孩子,生活不易,尽管知道是阿昌偷了自家的东西,常常是一笑了之,或者是叹息一声,睁一只眼闭一只眼,抱以包容之心,只希望他快点长大,能明白大家的宽厚善心。

也有一两户人家对阿昌的小偷小摸深恶痛绝,只要抓住把柄,就会毫不客气地训斥一通,甚至施以拳脚的惩罚。其实,这样的惩罚在当地极为常见,乡亲们对待自己的子女也皆是如此。但往往遭到善良乡民们的非议,不少人指指点点,以为对待一个没爹没娘的孩子,不必这么苛刻……

如此一来,这些人也不得不收敛起来。

于是,阿昌觉得自己是非同寻常的人物,有着别人所不具备的豁免权,胆量与胃口也跟着越来越大,由偷瓜摸枣,到偷鸡摸狗,再到翻墙入室……

后来，阿昌觉得乡村的舞台太小了，妨碍他大展身手，就到了一个大城市"发展"。在城里，阿昌结识了一群臭味相投的狐朋狗友，干起"大事"来，最终，在杀人越货后东窗事发，锒铛入狱……

善良，本无可厚非，然而，若对弱势群体的错误也一味用善良之心宽容之，赦免之，忽略之，表面上看似乎是给予了他们帮助，实质却是一种纵容，更是一种戕害。

善良，本是一剂温暖人心的良药，可若服不对症，反倒会有"副作用"，带来痛苦，带来灾难，甚至带来致命的伤害！

教授的尊重

一个十分偶然的机会,我和贾教授一起去火车站送人。所送之人是贾教授的朋友,又是我家的远房亲戚。

那天正好是周末,学校离火车站又不是很远,他们年纪都比较大了,那位亲戚又带了不少的行李,需要上上下下的,于是我就责无旁贷地充当了"脚夫"的角色。

送毕,我和贾教授走出火车站,没走多远,就看到一个疯疯癫癫的人迎了上来,拦住了我们的去路。他衣衫褴褛,头发乱蓬蓬的。我以为是一个讨钱的,就掏出一元钱来递给他。他瞪了瞪我,没有接,然后将目光移向了贾教授,小心翼翼地说:"这位老先生,我看得出来您是个有学问的人,能不能给我讲讲关羽是怎么死的?"

我想推开他,贾教授却阻止了我,领着那个疯子到了一个楼角。他从吕蒙设计,讲到关羽败走麦城,最后遇害,大约用了十几分钟时间。教授讲得绘声绘色,那疯子也听得津津有味。临走的时候,疯子抓住贾教授的手,眼睛中泛动着晶莹的泪花:"谢谢您,我求了好多人,只有您才肯给我讲!"我看到教授的手也用力摇动了几下。

回校的路上,我问贾教授:"他是一个疯子吧?"教授沉默了一会儿才说:"也许是,但他首先是一个人,只要是人,都是值得尊重的。因为在尊重别人的时候,更重要的还是在尊重自己!"

尊重,不只是得到或者给予。给他人尊重,才会得到别人的尊重;践踏别人的尊严,自己的尊严也正在自己的脚下痛苦地呻吟着!

"老年痴呆"的善良

　由于自幼父母离异,家庭不睦,我打小就是一个"问题"儿童,孤僻,倔强,冷漠,时不时地还跟自己看不顺眼的孩子打上一架,因此,没有几个老师喜欢我。我最大的爱好就是一个人抱着能找到的书籍忘我地读着,沉浸在一个跟自己的生活毫不相干的陌生世界里……

　　小学四年级那年,江老师教我们语文。刚开始,她丝毫没有注意到我。后来有一次,她居然破天荒地找到我,问起我写作文的事儿。

　　江老师问我,作文是你自己写的吗?我说,是的。她接着问,真的吗?我说,真的。她眉毛一扬,说,写得挺好的啊……

　　简短的对话就这样结束了。后来的作文课上,我分明感觉到她时不时地瞄瞄我。我心底冷笑,就让你看看我的作文是不是自己写的……

　　此后,江老师对我的关注明显多了起来。我的作文让我们有了许多共同的话题、童话、幻想、花草树木、《红楼梦》……慢慢地,我们熟络起来,她也就成了我整个小学时代最亲切最难忘的老师。

　　那年的暑假前,江老师找到我,用恳切的眼光看着我,说:"叶子,老师知道你是个懂事的女孩儿,我想请你帮个忙,你看可以吗?"

我看着老师的眼睛,使劲儿点了点头。

江老师接着说:"是这样,我今年暑假要到省城进修,可我有一个姑姑,她无儿无女,孤苦一人,又稍微有点儿老年痴呆,我想请你暑假多去陪陪我姑姑,她一个人在这里我不大放心……"

我毫不犹豫就答应了。江老师领我到了杨阿婆家。杨阿婆是个退休医生,性格开朗随和,为人热情慈祥,唯一的缺点就是太健忘,经常丢三落四。江老师说,这就是老年痴呆造成的。

整个暑假,为了完成江老师交给我的任务,我几乎每天都跑到杨阿婆家一两趟,陪她出去散步,陪她跟老头老太们聊天,陪她给孩子们去免费体检身体……累,同时也充实,自己也变得活泼开朗了许多。

此后,我和杨阿婆、江老师就成了老年、青年、少年三代的"忘年交"。在她们的鼓励和引导下,我慢慢走出了童年生活的阴影,成了一个随和而友善的人。大学毕业后,我回到了故乡小城工作。

后来,杨阿婆以九十岁高龄安详离世。我和江老师收拾阿婆遗物的时候,见到几大本日记——我知道,杨阿婆一直有写日记的习惯,有时只写三两句话,记下当天她认为最重要的事情。

一时间,我心血来潮,想看看阿婆第一天见我的时候都写下了什么。

我翻看了好一会儿,终于找到了那天的日记:"1996年7月6日,今天,我终于见到侄女一直跟我说的那个孤僻而有才的女孩儿,而且,我要饰演一个老年痴呆病人了,让这个孩子从助人的快乐中走出童年的阴影……"

刹那间,我心头一酸,泪如泉涌……

归 巢

那天的风格外大,沙子时不时打在我的脸上。我一边埋怨着这鬼天气,一边奋力地蹬自行车,想尽早回家。从幼儿园接到儿子,我立即往家里赶去。

好不容易才回到我们家所在的小区,我让儿子等着,自己去把车子放进车库。当我从车库出来时,儿子一把拉住我,指着一棵树底下说:"老爸,你看……"

顺着儿子手指的方向,我看到一只叫不上名的小鸟,正缩着身子,微微抖着,发出低微的叫声。儿子特别喜欢小动物,所以我决定把这只鸟捡回去给儿子玩。当我去抓那只鸟的时候,不远处的树枝上,有一只大鸟焦急而凄厉地叫着。

我把小鸟放在儿子手里,儿子很开心,望了望树上,说:"那上面有个鸟窝,这小鸟肯定是从上面掉下来的……"

我和儿子带着小鸟回到家,给小鸟做了个温暖而舒适的窝,儿子还抓了一把小米喂鸟。夜里,那小鸟时不时地叫几声。儿子问小鸟怎么了,我告诉他,也许是小鸟想念爸爸妈妈了……

第二天,风和日丽,我刚一打开窗子,就听见两只鸟在急切地叫,儿子说:"肯定是小鸟的爸爸母亲,它们丢了孩子,

一定很着急……"

儿子决定把小鸟送还给它的爸爸妈妈。可是，怎么还呢？把小鸟放在地上？肯定不行。最后，儿子央求我："爸，你爬上树，把小鸟放回窝吧！"看了看七八米高的大树，我实在无能为力啊。

妻子突然想起了我们小区有个保安擅长爬树。于是，我带着儿子去找保安帮忙。保安听说后挺不乐意。儿子赶紧说："叔叔，你去吧，我还有二十元的零花钱，你把鸟放好了，我给你钱……"

听儿子这么一说，保安也不好再推辞，找来梯子，小心翼翼地攀上了树，好不容易才把小鸟放了回去。听到鸟儿欢快的叫声，儿子高兴极了，说："小鸟终于找到爸爸妈妈了！"

我把二十元钱递给小保安，他脸一红，说："大哥，快别这样，这是好事儿，我总不能连个孩子都不如吧……"

一句话，说得我愣愣的，暖暖的。

"神枪手"

老梁并不老,才四十岁,是一名让小蟊贼闻风丧胆的警察。

老梁不善言谈,不苟言笑,抓起贼来却身手矫健,勇猛异常。

老梁的儿子小乐有些弱智,今年十二岁,正是爱闯祸的年龄,又迷上了弹弓,稍不留神,就会偷偷地溜到院子里,用小石子往别人家的玻璃窗上射。别看这小家伙傻里傻气,可准头却非常好,常常是"啪"的一声,一大块玻璃就会"哗啦"一声掉下来。这时候小乐总会高兴得跳起来,大叫着"我是神枪手"、"我是神枪手"……

为这事,小乐没少挨老梁的揍,可小乐毕竟是个智力欠佳的孩子,总是好了伤疤忘了痛。

周末这天,老梁正在家做饭,一阵震天的擂门声传来,他忙拉开门,一个肥胖的女人叉着腰破口大骂:"去看看你们家的小祖宗,又把俺家玻璃打碎了,这是今年第三次了!今天不给我个说法,我就不走了我……"

老梁抓起扫把就朝楼下冲去。楼下的空地上,小乐正在得意扬扬地喊着"我是神枪手"……一看老爸怒气冲冲地奔过来,小乐知道又要挨打了,赶忙把弹弓塞进裤腰里,慌不择路地朝大马路上跑去，老梁在后边穷追不舍。

就要追上小乐时，老梁不经意瞥了眼旁边的水果摊，伸出去的扫把停在了半空中。一个男人站在摊前正挑水果，戴着墨镜，很眼熟。他不由得停下了脚步。

那墨镜男似乎有些察觉，提起水果，拉上衣领，急忙朝旁边的小巷子拐去。墨镜男子转身的一刹那，老梁看到他残缺的左耳，不由得心底一惊，没错，就是他！这是个通缉要犯，狡猾，武功高强，曾是某省的武术全能冠军……

老梁来不及多想，飞奔着冲了过去。早有防备的墨镜男飞起一脚，朝老梁踹过来，正踢中老梁的肋骨。老梁大叫一声，倒在地上，同时死死地抱住了墨镜男的右腿，两人扭打在一起。墨镜男毕竟年轻力壮，三五个回合后就占了上风。他腾出右手，从怀里掏出一把寒光闪闪的匕首，朝老梁的胸口刺过来。

就在老梁绝望之际，只听"啊"的一声惨叫，墨镜男的匕首脱手而出，掉在了老梁的身上。墨镜男惨叫着，痛苦地用左手按住汩汩流血的右手。不远处，小乐正拿着弹弓，傻傻地笑着……

老梁趁机将墨镜男掀翻，死死地压在身下。这时，刺耳的警笛声呼啸而来，四五个警察从警车上跳下来，给墨镜男戴上了锃亮的手铐。

小乐跳跃着围了过来，高叫着："我是神枪手！我是神枪手！"

老梁顿时泪如泉涌，一把将儿子揽在怀里，颤抖着说："儿子，你是神枪手，你是天底下最棒的孩子！"

感谢那个绊倒你的人

鲁尔斯年少的时候，家境非常富裕。父亲是富甲一方的大商人，为人豪爽而自信。受父亲影响，鲁尔斯自小时候起，就是一个自信得甚至有点儿自大的人。

那是鲁尔斯读高一那年，学校举办了一场运动会，鲁尔斯报名参加5000米长跑，并扬言，如果取得亚军，就是自己最大的失败。鲁尔斯已连续三年蝉联了学校5000米的冠军。

父亲知道后，不由得有些担心，就劝告他说："孩子，你太像年轻时候的我了！不过，你要记住，比赛场上，什么情况都可能发生……"

鲁尔斯根本听不进父亲的话，满不在乎地说："我跑得最快，这个是最重要的，发生什么情况与我何干？"

比赛那天，5000米长跑刚一开始，鲁尔斯就开始遥遥领先了。跑到2000米的时候，鲁尔斯已经领先第二名将近30米了。在跑第四个千米的时候，鲁尔斯已经超过最慢的选手一圈了。如此保持下去，鲁尔斯再次夺冠应该不成问题。

然而，就在鲁尔斯以为胜券在握的时候，他竟和一名慢他一圈的选手哈尔曼撞在了一起。由于都没有戒备，倒下去的时候两个人摔得都很重。鲁尔斯的小腿受了伤，尽管还能坚持，但速度明显慢了下来，哈尔曼由于受伤过重，直接退出了比赛。

比赛结束了，鲁尔斯连前三名都没能进入，仅仅跑了个第八。回到家后，父亲语重心长地说："孩子，比赛场上什么情况都可能发生，人生也同样如此，我们不能总是预想到最好的一面，而忽略最坏的可能。就拿我的生意来说吧，本来一直一帆风顺，可由于轻信一位朋友，我们现在几乎一无所有了……"

听完父亲的话，鲁尔斯陷入了沉思，朦朦胧胧地明白了什么。

由于父亲生意失利，鲁尔斯家里很快陷入了贫困之中，但鲁尔斯仍很乐观，自信依旧。为了补贴家用，他每天五点钟就起床帮人送报纸，只是时刻警醒自己：在人生的比赛场上，随时可能有人不经意间将你绊倒。

鲁尔斯渐渐长大成人，从读大学时候开始，他就继承了父亲的事业，决定在商海中搏杀一番，依靠自己的聪明才智，去赢得自己的成功。

由于肯动脑筋又诚实守信，鲁尔斯的生意越来越红火，每当他的事业更进一步时，父亲总会唠叨："孩子，人生道路上什么情况都可能发生，还记得高中时候你参加的那场长跑比赛吗？……"

因此，鲁尔斯做决定时都会充分考虑到各种可能的结果，同时预备最好的打算和最坏的可能两种方案，未雨绸缪，事业一直较为顺利。

这天，鲁尔斯刚走出公司大楼，就接到母亲打来的电话："孩子，快……快回来，你父亲……快不行了……"

等鲁尔斯以最快的速度赶到家,父亲已经奄奄一息了,他抓住鲁尔斯的手说:"孩子,你之所以……之所以有今天的成功,最应该感谢的……是那年将你绊倒的哈尔曼。是他,让你明白了我半辈子才弄懂的道理……"父亲说着,颤巍巍的手指向了身边的那个年轻人。

鲁尔斯这才发现床脚的哈尔曼。鲁尔斯用力地握住哈尔曼的手:"兄弟,谢谢你!"

哈尔曼连忙摇头,说:"不!这都是你父亲的主意,其实,那年,是你父亲给了我一百美元,我才答应将你绊倒的……"

鲁尔斯高喊一声:"爸爸!"却发现父亲早已含笑而去……

沉重的游戏

那是一个夏日的午后,我正和小舟一起在村旁的池塘边玩儿着。小舟的叔叔刚从北京回来,给他买了一个很威风的变形金刚。看着小舟神气的样子,我很是羡慕,求他让我玩儿一会儿。开始时他一直不答应,经不住我的软磨硬缠,终于说:"咱俩打个赌,你要是赢了,我就让你玩儿一个小时。"

我问他怎么个赌法,他想了一会儿说:"你在水里面装作快要淹死的样子,我站在岸上喊救命,要是有人救你,就算你赢了;没人救就是我赢了。"那时我学会游泳已两三年了,心想不管是输是赢,我都不会有什么损失,大不了就是在水里泡了会儿,于是爽快地答应了。

游到了水塘中央后,我示意小舟喊救命。小舟喊了四五声"救人"后,我就听到了有人跑来的声音,便钻进水中,只让头顶在水面上下浮动,装作溺水的样子。不一会儿,我就听到了有人跳下了水,很快,一只胳膊夹住了我的脑袋,我努力着想挣开,却无济于事。

当我被拉上岸时,感觉都快窒息了,好一会儿才慢慢缓过气来。这才发现,"救"我的竟是我多次捉弄过的一个老头儿。这老头儿是个疯子,按辈分应该喊他三伯。他整天披头散发,疯疯癫癫，我很怕他，但出于孩子的顽劣，也常常捉弄他……他的眼睛红红的，噙满了泪水，浑身上下滴着污水，头发紧贴在沾满污垢的脸上。

看着三伯的狼狈样儿，小舟和我忍不住哈哈大笑，飞快地逃走了。那天，我如愿以偿，玩到了眼馋已久的变形金刚，全然不知一场暴打正等着自己……

晚上，我的恶作剧传到了父亲耳朵里。他脸色铁青，嘴角抽动着，一句话也没有说，一把抓住我，顺手折了一根柳条，狠命抽起来。我大哭起来，哭声惊动了邻居，好不容易才将我"救"了出来。无意间，我惊讶地看到，父亲的眼睛里蓄满了泪水……

第二天，妈妈给我讲了三伯的故事。原来，三伯也曾经有个美满的家庭。十多年前，他8岁的儿子掉进水塘淹死了，他伤心过度，从此变得精神恍惚，抽烟，酗酒，打骂老婆。不到两年，他的老婆不堪忍受，跟着一个外乡人跑了，三伯再也承受不住生活的打击，真的疯了……

游戏，有时候竟是这般沉重。

第三辑　　滴水悟道

一花一世界，一叶一菩提。方寸之间有天地，一颦一笑见性情。探寻经世之道，洞悉人间真情。

竹篮打水未必空

小沙弥随着老禅师下山化缘。初涉凡尘的小家伙看到什么都觉得新鲜，时不时地问这问那。

在一条清澈的小河边，小沙弥看到一个中年汉子提着一个竹篮，正在水里捞着什么。小沙弥看得目瞪口呆，好一会儿才想起老禅师，赶紧问道："师父，人都说竹篮打水一场空，那个老伯为什么用竹篮打水呢？"

老禅师微微一笑，说："你接着看。"

过了好一会儿，老禅师才问道："你看到了什么？"

小沙弥想了一会儿，才说道："竹篮变干净了……"

在绝大多数人的心目中，竹篮打水一场空是一条亘古不变的真理，因为竹篮是盛不住水的，用竹篮去打水，只能眼睁睁地看着那些水从竹篮的缝隙间淙淙流过。想得到水，似乎只能是一种奢望。然而，对于拿着竹篮去打水的人们来说，并不尽然。或许有人只是想把竹篮冲洗干净，如此，"空"又何来呢？不也是一种收获吗？且能享受竹篮打水时悠然自得的心境。

其实，即便是冲着"水"而来，竹篮打水也未必就一定一无所获。换一种方式，换一种思路，竹篮或许也能成为装水的"好"容器。譬如说，在竹篮里面垫上一层塑料布，不就能装水、打水了吗?

关系其实是道"关"

小赵和小钱同是某大学建筑学院的学生。尽管住在同一间宿舍,两个人的境遇却有天壤之别。

小赵的父亲是市里某局的实权派人物,家境显赫,经济优裕,故而,小赵在同学之中是出了名的"公子哥"。吃喝玩乐,外出旅游,交女朋友,是小赵课余的主要生活。在学习上也较为认真,至少能做到各科功课都能凭实力过关。

与小赵相比,小钱就寒酸多了。他来自一个小镇,父母都是老实巴交的农民,家境贫寒,生活费常常捉襟见肘。不敢奢望爱情,小钱就把所有的精力都用到学习和参加社会实践上。凭着奖学金和社会实践挣来的钱,小钱不仅能维持自己的温饱,有时还能接济一下家里。

转眼间,大学毕业了。小钱和小赵同到一家著名的建筑设计院应聘。结果是,小赵成功了,小钱却被拒之门外,尽管他的学习成绩以及实践能力都胜于小赵。小钱知道,这是"关系"的力量,小赵有一位好爸爸。

后来,小钱意外得知,他的高中同学小孙竟然也被设计院招录。小钱知道,小孙家里更是一穷二白,家徒四壁,可小孙学习更努力,当初上的大学也更好一些。更重要的是,同样学建筑的小孙，大学期间不仅发表了几篇高质量的论文，还获得几个颇有名气的奖项。这让小钱意识到，自己被淘汰，不仅仅是没"关系"，更重要的是自己还不够出色。

知耻而后勇。小钱利用仅有的两个月的时间，考上了某名校的研究生。读研期间，他将所有精力都用到专业上，由于基础很好，天赋不错，他被保送读博。博士毕业时，他不仅在学业上小有名气，而且赢得了一位漂亮女孩的青睐。此时，小钱再也无须为找工作发愁，诸多好单位向他抛来了橄榄枝，其中就包括当初将他拒之门外的设计院。院长郑重许诺，只要小钱愿意前往，至少给予副处待遇。

小钱选择了这家设计院，很快就被委以重任。他的高中同学小孙，经过六年历练，也早已是公认的骨干之一。而有背景的小赵，只是在一个无关紧要的部门混日子……

小钱后来得知，小赵当初入职时，也曾雄心勃勃，想有一些作为，可主管领导根本不敢把重要的活儿交给他，越缺乏锻炼，越不被重视，时间一久，他就成了一个无关轻重的人了。

关系的确是一种资源，但它同时还是一个无法绕过的障碍、关口，如果不能依靠自己的实力顺利过"关"，关系带来的副作用，也许会毁掉一个人的一生。

傻子的道理

小区里有一个智障孩子名"海",每天无所事事,就在小区门口闲逛。一些孩子有时就叫他"傻海"或"傻子"。

时间一长,大家也都用"傻海"或者"傻子"来称呼这个智障孩子了。只有一个人例外,那就是住在一单元的一个姓秦的老教授。秦教授每次见到傻海都会微笑着点点头,偶尔碰到傻海向他问好时,秦教授还会一本正经地回一句"你好""你早"。

五年过去了,傻海的智力发育没什么进展,身材却长了一倍,已经是一个身强力壮的大小伙子了。秦教授子女都在国外,只和老伴老两口一起生活。老两口年纪都大了,每次买米买面回来,都要两个人一起抬,才能搬到屋里去。

傻海在小区里是个被人取笑的角色,但对于秦教授来说,却是个不错的帮手。秦教授家每每有力气活儿,傻海只要看到,就会第一时间跑过去,乐呵呵地干这干那。小区的人都很诧异,都说这傻子居然也有懂事的时候。

一个暑天,很多居民都去河边树荫下乘凉了,两个窃贼瞅准时机,破窗跳进了秦教授家里,把他家洗劫一番。就在这两个窃贼喜不自禁地从窗户跳出来时,正碰上傻海在附近转悠。

一见有人从秦教授家搬东西，傻海就拦了上去，死死地拉住窃贼，不让两人走。两个贼早就踩好了点，知道傻海是个傻子，先是掏出十块钱来收买他，傻海丝毫不为所动，又拿出匕首恐吓。谁知这傻子软硬不吃，生生地拽住两个家伙的包裹就是不放手。

这下激怒了两个亡命之徒，刺伤了傻海的腿，一时间血流如注，可傻海丝毫没有退缩，又吼又跳，还死死地抱住了一个家伙的脚……

闻声赶来的巡防队员抓住了两个窃贼。这时，傻海已经晕死了过去。

看着满身伤痕的儿子，傻海的母亲流泪了，她喃喃问道："傻孩子，你……你干吗那么死死地拽着他们呢？"

昏迷中的傻海睁开了眼睛，说："这么多人，只有秦教授对我好，我……我也得对他好啊！"

互敬互爱，连傻子都明白，可我们许多自以为聪明的人，并不一定能真正做到。

让善良的人感到快乐

因为要编一本书,我有幸被吴老师选中,帮他做些选稿、联系作者、编辑、校对的活儿。在此之前,我曾多次听说吴老师是中文系名气最大的老师,不仅学术上名声显赫,为人处世也是滴水不漏,堪称师生楷模,口碑一向甚好。

那是一个下午,我们的编写工作暂告一个段落,办公室因为好多天没有打理显得有些凌乱,于是,我们动手收拾起来。吴老师是个做事认真的人,连垃圾都整理得井井有条、一丝不苟。办公桌抽屉里有一些报废的光盘、软盘等没用的东西,吴老师把它们码得整整齐齐,装到了一个褐色档案袋里,让我拿去扔掉。

我提了垃圾下楼,把那些碎垃圾都倒进了垃圾箱,可是那个档案袋根本放不进去。无奈之际,我随手把档案袋放到了垃圾箱边,心想,清洁工人过来肯定会一起把它们拉走的。

回到办公室,吴老师给我安排以后的工作,刚刚讲毕,一个女清洁工出现在门口,手里拿着一个档案袋,怯怯地问:"请问,吴汉江老师是不是在这个办公室?"

"我就是吴汉江,你找我有什么事情吗?"从吴老师的表情可以看出,他并不认识这个女人。

"我捡到一个袋子,里面的东西装得整整齐齐的,是您丢的吧?袋子上写有您的名字,我问了好几个人,才找到这里的……"清洁女工有些腼腆,急急地说。

我一听苦笑了一下,就是刚才那袋垃圾,我刚扔掉,她居然又送回来了。"这个我们不……"我想实话实说,打发她走。

想不到吴老师毫不犹豫就打断了我的话:"噢……是我弄丢的东西,里面有好些重要的资料呢!谢谢你啊!你真是个好心人……"他礼貌地给清洁女工让座,并给她倒了一杯水。那女人推托还有活儿,匆匆忙忙地下楼了,从脚步声中能够听得出她满心的欢喜。

女人走后,我忍俊不禁,终于笑出声来。吴老师却一脸严肃,问我:"你知道我为什么这么做吗?"我有些茫然,摇了摇头。

"她是一个善良的人,不辞劳苦地做好事,爬了五层楼给我们送东西,假如她知道自己做的事情没什么意义,岂不是非常扫兴?我这样做,只有一个目的,让善良的人感到快乐!"

让善良的人快乐,不也是一种快乐,一种美德吗?

摔碎储钱罐

小学四年级的语文课上，宁老师在给孩子们做临考前的作文辅导。她是一位认真负责的老师，教出来的博士生、硕士生、大学生能坐满一个火车车厢，许多家长为了让孩子成为宁老师的学生，可以说费尽了心机，跑断了腿。

宁老师正在兴致勃勃地谈着作文秘籍："假如说我们要写一篇助人为乐的作文，我举个例子，比如说体育课上，一个同学一不小心摔伤了，需要赶紧送到医院救治，可随身带的钱不够。这时，你们可以把抢救过程描述下来，然后可以写自己的助人行为。我们可以这样写：我飞快地跑回家，拿起书桌上的储钱罐，摔碎在地上，捡起钱往医院跑去……"

宁老师刚说到这里，班里最淘气的孩子马淘淘站起来，问道："宁老师，我们为什么非得把储钱罐摔碎啊？"

"摔碎储钱罐是为了表现我们取钱救人的急切心情！"宁老师一脸和气地解释。

"可是，老师，还有家长都教育我们要勤俭节约，摔碎储钱罐那可是浪费行为啊！"马淘淘不依不饶。

宁老师似乎也有点儿急了，耐着性子说："可是这是紧急情况啊，再说，摔碎储钱罐也是为了争取时间、节省时间啊！"

马淘淘接着反驳:"老师,摔碎储钱罐,再从地上把钱捡起来,花费的时间并不比直接从钱罐的底部拿钱花费的时间少,浪费了一个罐不说,我的手还有可能被陶瓷碎片划流血……"

"马淘淘,课堂上不许捣乱!我说的是作文,又不是现实生活中非得让你摔碎储钱罐!"宁老师显然生气了,大声呵斥道。

"写作文也没有必要非得摔碎啊!"马淘淘心有不甘,又回了一句。

"马淘淘,你给我滚出去!我教了几十年学,没见过你这样调皮的学生,上课时间竟敢跟老师顶嘴!我教的聪明学生多了去了,也没见过你这么油嘴滑舌的,明天把家长给我叫来!"宁老师气得满面通红。

马淘淘垂头丧气地走出了教室,一边走,还一边嘴里嘟囔着:"干吗非得摔碎呢?……"

第二天,马淘淘跟在满脸堆笑的父亲后面,唯唯诺诺地向宁老师道歉:"宁老师,我错了,真的错了,下次碰到这种助人为乐的事儿,我坚决要把储钱罐摔碎……"

说完话,马淘淘迅速从书包里掏出一个储钱罐来,"啪"的一声摔了个粉碎……

成功与诺言

三年前,我在一家小公司做翻译。公司效益不好,许多员工开始打退堂鼓,我也思谋着再择良木而栖,但后来的一件小事改变了我,也改变了我们公司的命运。

一个周末,六岁的儿子打来电话,说幼儿园布置了作业,要家长带他们去逛动物园,根据自己的所见所闻写一篇作文。想着好久没带儿子出去玩了,我一口答应了儿子的要求。恰好吴经理也在旁边,便对我说:"这段时间大家都很辛苦,周末就出去散散心吧。下周有一个和美国客户的谈判,还靠你翻译呢。"

没想到,第二天我刚起床,就接到公司电话,说是和美国客户的谈判提前进行,因为美国老板急着要回国。我是公司唯一能胜任同步翻译的人,必须到场,便急匆匆去了公司。

谈判的过程并不顺畅。我们的公司没什么名气,而且还有一家知名企业和我们竞争。谈判结束时,美国老板史密斯说:"我们董事会上会讨论此事,有了结果我通知你们!"

谈判结束后,吴经理亲自驾车送史密斯先生回宾馆,路上,撇开了生意经,我们聊得很愉快。一个美国人无意间问怎么是老总亲自送客,吴经理回答说,司机小赵去我家带我儿子逛动物园了。

吴经理这么一说，我才记起昨天给儿子的许诺，满怀感激地对经理说："吴总，您真细心……小孩子的事，用不着这么认真的……"

吴经理并不认可我的话，他说："既然咱们承诺过，就一定要兑现自己的诺言！" 史密斯先生对我们的谈话很感兴趣，问我是怎么回事，我便用英语将事情的来龙去脉说了一遍，想不到这个美国老头儿听后连连赞叹，伸出大拇指喊着："Great！ Wonderful！（太棒啦）"

一周后，史密斯先生打来电话，决定和我们公司合作。吴经理在惊喜之余，对美国公司的选择有些费解，便虚心求解。史密斯先生说："你们向一个六岁孩子许下的小小诺言，在非常困难的情况下都不遗余力去完成，足可以看出你们公司诚实守信的一面。我将这个小故事在董事会上讲给大家，最后大家一致赞成和你们合作……"

打败自己的是自己

刘易斯是当地有名的拳击手，高大威猛，力大无穷。在拳王争霸赛上，刘易斯表现突出，一路过关斩将，以全胜的战绩挺进了总决赛。

总决赛时，刘易斯的对手是上届的拳王霍利菲尔德。面对老拳王，刘易斯不敢有丝毫的马虎与懈怠，他一遍遍观看霍利菲尔德的"作战"录像，潜心研究他的出拳章法、套路，甚至连前三拳的力度强弱都做了对比区分。仔细地分析研究之后，刘易斯才制订了自己的"作战"计划，他决定从霍利菲尔德的弱项上下手，苦练连环倒钩拳。

尽管作了充分的准备，和霍利菲尔德的决斗，仍让刘易斯费了九牛二虎之力。第一局，由于霍利菲尔德没有防备刘易斯的连环倒钩拳，以轻微的劣势输了一局；第二局，霍利菲尔德越战越勇，以大比分打败了刘易斯。第三局，刘易斯不计一拳的得失，在挨了数计重拳后，一个回击，把霍利菲尔德摔到了擂台下。

刘易斯胜了，一股豪气冲天而起。他在擂台上大吼："谁敢跟我再来一局？只要能把我打败，这拳王的桂冠和奖金就是他的！"刘易斯喊了三声，终于有一个身高一米左右的侏儒走上台来。一看来挑战的是个侏儒，刘易斯禁不住哈哈大笑起来，他对这个侏儒印象很深——预选赛时，这个侏儒被一个身高一米六左右的三流拳手打得满地找牙。

裁判一声哨响，比赛正式开始。刚开始，刘易斯根本没把侏儒放在眼里，直到连续挨了十多拳之后，台下的叫好声喊成一片，刘易斯才意识到这个侏儒并不像自己想象的那么容易对付。由于自己身材太高，而侏儒个子很小，刘易斯的每一拳都很难落到侏儒身上，好不容易打上，也没有多少力气。而侏儒身材矮小，出拳灵活，几乎每一拳都能准确无误地击到刘易斯肚子上。

最后，刘易斯输了，败给了最弱的对手。

其实，无论在生活中还是在赛场上，狂妄自大、目空一切都会导致失败，最弱的对手有时也会轻而易举地击败你！

山窝里的金凤凰

那个夏天，何二水的爹何老根一咬牙，把自己家养了一年的猪杀了，在家里大摆宴席，一村人痛痛快快地大吃大喝了一顿。

那晚，喝得晕晕乎乎的村长一把抓住何二水的手，兴奋地说："小二，你就是咱山窝里的金凤凰！你就是咱们村的光荣与骄傲！以后你在城里出息了，你叔我就到城里去逛逛，吃穿住用你可都得包管……"

二水也毫不含糊，一拍胸脯，说："叔，你放心，这事儿就包我身上了！"

何二水知道父母辛苦，读大学时从来不问家里要钱。爹妈问他从哪儿弄的钱。二水说，城里挣钱的门路多，可以打工，可以给报社杂志写文章……

反正不管怎么说，二水不光没问家里要钱，上大学的最后一两年，他还时不时地给爹妈寄回三两百元，补贴家用。

何二水成了小山村孩子们的榜样，那些原本不想再让孩子念书的家长，见读书这么有利可图，也就打消了让孩子辍学的念头。

四年前，何二水在城里找到了一份不错的工作，更成了小山村的头号新闻。

然而，让村人意料不到的是，上了四年班的何二水居然带着大包小包的东西回来了。村人问他为什么回来了。二水说，在城里太累了，我想回来歇个一年半载的，顺便写点儿东西。

此后，何二水就躲在家里，深居简出，偶尔才出来帮爹妈去田地里干点儿小活儿。

不多久，村里就有传言，说这何二水下岗了，现在是无业游民，只好回来继续当农民。可当农民也不好好干，整天在家摆弄一个什么小本本……

二水的爹妈也听到了村里的传言，他们试探着问："小二啊，你是不是……是不是现在没工作了啊？"

二水说："是啊，我现在是自由职业，也就是不用按时上班……"

再不久，村里有十多个孩子陆续辍了学，甚至连村长家的儿子平娃都退学了。村长说："连大学毕业生都找不到工作，再上学还有个屁用……"

这天，村长气坏了。原来，县里的药厂倒闭了，村民们种的板蓝根没地方卖，只能眼看着烂在家里。午后，村长和一堆村民正唉声叹气地商议着，一筹莫展时，正好让出来溜达的何二水碰上了。

"叔，出什么事儿了？看把您急的。"二水关切地问。

"咱村的板蓝根没人要了！"村长没好气地回了一句。

"这么好的药材，怎么会没人要呢？要不我帮您问问吧……"二水主动请缨。

"你问吧，要是能把这东西卖出去，你可帮了咱村的大忙了……"村长只好死马当作活马医。

二水听完,就回家去了,他既没出去联系药厂、商人,也没打电话联络,甚至连跟别人商量一下都没有。

三天过去了,村人们失望了。村长说:"这家伙,说话当成放屁了,屁事也干不成……"

"还金凤凰呢,我看是落毛鸡还差不多……"另一村民随口接茬。

听了这话,村长的脸红了。

第四天,村人们几乎绝望了。何二水则兴奋异常,他跑到村长家:"叔,咱们的药材有人来买了,二十元一斤,今天他们就开车来拉!"

"二十元一斤?"村长几乎不相信自己的耳朵,要知道这价钱可是以前卖价的三倍啊。

就在村民将信将疑之时,卡车已经开进了村,二水接待了他们。交易非常顺利,药商走后,村民们握着一把把鲜红的票子,还不敢相信这是真的……

还是村长见的世面多点儿,他一把拉住二水的手:"大侄子,你一没出门,二没打电话,你是咋找到这些人的啊?"

何二水一脸平静,说:"我在网上发了一条帖子,当天就有好几个人跟我联系,我是选定了信誉好价格高的厂商,才让他们来的。他们夸咱们的药材很好,以后每年都可以给他们供货……"

村长一听,紧紧抓住二水的手,说:"大侄子,我算是明白了,你这大学还真是没白上!大侄子,你看,你现在也没工作,我年龄也大了,以后咱村这村长,你干咋样?"

"谁说我没工作?我现在正给一家电视台写剧本呢!城里太吵,咱这里山清水秀,我写起来特别有灵感……"何二水一脸讶异,慢慢解释道。

"啊?你现在都开始拍电视了?有出息啊!有出息!"村长一脸激动,接着,他对跟在身后的儿子喊道,"平娃子,明天你给我滚回学校去!给我好好念书,一定得考上大学,咱村的孩子,谁也不能退学!哪家敢不让孩子读书,看我不好好修理他……"

老婆的眼泪最珍贵

我的朋友是一名警察，在重案组工作，经常和那些杀人越货的凶手打交道。

一个深秋的傍晚，朋友陪妻子逛完商场回来，突然发现路旁的小吃摊上有一个熟悉的身影——那是一个越狱杀人的逃犯，手上有枪！

朋友连忙对妻子说："你沿着这条路一直往前走，不管身后发生什么事情，你都不要回头！记住，在家里等我！"

妻子见他脸色凝重，知道肯定又是遇到了罪犯，就小心地问："能不能先打个电话报警，你也好有个帮手……""不行！已经来不及了，那家伙格外凶残狡猾，绝不能让他再跑了！你赶快回家！"说完，朋友转身向小吃摊走去。妻子趁此间隙，打手机报了警。

这时，逃犯似乎已经有所警觉，站起身想离开。朋友一跃而起，将逃犯扑倒在地，就在他的手枪顶到逃犯脑袋上的一刹那，逃犯的枪也抵到了他的太阳穴上。他们僵持着，逃犯吼道："死吧！大家一块儿死！"

就在这千钧一发之际，朋友的妻子从斜刺里跑过来，猛地撞向了逃犯持枪的右手。逃犯猝不及防，手枪被打落到地上，朋友趁机将他制伏。这时,警车呼啸而至,逃犯被押到车上,带回了警局。

朋友看到妻子还呆呆地站在原地,就走到妻子面前:"好了,现在我们可以回家了。"妻子一把抱住他,失声痛哭起来。朋友一边劝慰着妻子,一边向围观者喝道:"看什么看,没见过自己老婆哭啊……"

话还未说完,他的泪水已经汹涌而出……

一车"感动"

生意场上，如今名片上的头衔早已经无足轻重，成了"明着骗"的代名词。渐渐地，车，取代了当初名片的功能。一个生意人车子的好坏，是判断其财力的最好依据。因为做了点儿小生意，接触到的客户也都是有车一族，在因为没车丢了几单生意之后，我决定勒紧裤腰带也买辆车，把我们的小公司"武装"起来。

刚有买车的打算，就有好朋友找上门来了。卖车的是朋友的熟人，姓李，年龄比我稍大一点儿，我们都喊他李大哥。李大哥的公司濒临倒闭，为了筹集资金，不得不将轿车卖掉。车子是一辆帕萨特，有八成新，朋友自作主张，说是十万八千元卖给我。价钱确实不贵，又是出自朋友之口，我满口应承下来。

就在交付现金的时候，我看见李大哥眼圈有点儿红。他走近我，低声问道："老弟，我想跟你商量个事儿……"

见我点头答应，李大哥才接着说："我想……你可以少给我一千块钱，到春节那段时间，这车子再借我几天，我想开着它回老家一趟……"

一听这话，我心里有点儿疙疙瘩瘩的，穷了就是穷了，犯得着打肿脸充胖子吗？

见我有点犹豫，李大哥解释说："老弟，本来我可以租一辆车子的，只是我家里的老母亲都快90岁了，她早已经记住了这车型，也记住了这车牌号。我生意上只要稍微有点不顺，她就整天提心吊胆的。这段时间我的生意不好，可我不想再让她老人家操心……"

我终于明白了他的一番苦心，一阵酸涩涌上心头，这位老母亲，和我整天操劳的母亲多么相似啊！我紧紧抓住他的手，说："大哥，我不会要您一分钱，就冲着您这份孝心，这车子，就是咱们俩的共同财产，您随时可以来开！"我感觉到李大哥的手在颤抖，而眼睛里，分明闪着泪光……

开着车子回家的路上，我第一时间把买车的消息告诉了母亲，并对她说，到了周末，我们一家三口开车去看她。尽管在电话里母亲骂我显摆，嫌我乱花钱，可我分明还是听出了她的兴奋与喜悦。

这次买车，我收获的不仅仅是一辆车，还有满满一车的感动与孝心。

留一包硬币给自己

静霞是一位女商人，在30岁之前几乎一事无成，满脑子的苦恼与抱怨，抱怨父母没有给她优越的环境，抱怨爱人不理解她，甚至抱怨5岁的儿子对她敬而远之。每天，她无精打采地照料着自己的小店，其余时间就在抽烟与麻将中打发掉。

一天，她无意间拉开了儿子的小抽屉，一眼就看见有个烟盒。她一时怒起：这么小的孩子，竟然学着抽烟，看我不好好教训你……思虑之间，她将烟盒拿到手里，却发现盒子沉甸甸的，不像是香烟，开口处用透明胶粘着。她揭开透明胶，打开盒盖，却发现里面全都是硬币，有一元的，五角的，数了数，共有二十多元。

她很是诧异，因为家里条件不很好，每周给儿子的零花钱也只有两三元，想不到他已经积攒了这么一大笔"财富"。看看儿子，再想想自己，她真的无地自容了。

从此以后，她一改往日的懒散，开始精心经营起自己的商店，对顾客也非常热心，而且戒掉了烟和麻将，尽可能多地把钱节省下来。

一年以后，她的小店规模扩大了一倍，信心也因此被激发起来，深信总有一天会成功，从而坚持不懈地努力着。

十多年后,她已经是拥有数十家连锁店,总资产上千万元的总经理了。

她说:"其实,这一生中,给我教育最大的,是我儿子,儿子是我最重要的老师。"

其实,每个人都该留一包硬币给自己,这种精神动力会让我们在攀登人生的山峰时永葆激情,永不气馁。

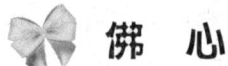

佛　心

山上有座庙。庙很小,只有一个师父,一个徒弟。师父年近六旬,慈眉善目,不苟言笑,似乎也并不怎么烧香拜佛,却在附近山乡落了个慈悲的名声。徒弟很年轻,不过二十余岁,由于年幼时身患疾病,被家人遗弃。师父看他可怜,就将他抱回小庙,养大成人。

徒弟常常问师父:"师父,佛是什么?"

师父淡淡一笑:"佛就是善!"

"那善又是什么?"徒弟有些迷惑。

"善就是对人好!"师父继续答道。

徒弟似乎有所领悟,不再追问。

一年夏天,一场百年不遇的洪水铺天盖地而来,千里沃土转眼间成了泽国,山脚下的村民拖家带口爬到山腰避雨,有些人支起帐篷,有些人只能找些树枝柴火搭个小窝……

师徒两人忙前忙后。一座小庙挤得满满的,都是一些老弱病残的人。看着无家可归的人们,师父满眼焦虑,可也爱莫能助。

几天后,洪水退了,乡民们回到家中,收拾修葺好各自的屋子。然而,整整一季的庄稼全都被洪水淹了,不久,饥荒开始了。

村民们只好靠野菜度日。再不久，野菜也几乎被挖掘一空……

这时候，村民们发现山上师徒二人的几亩薄田里，由于地势偏高，洪水的影响不大，萝卜和白菜正欣欣向荣地成长着。

师父在小庙前贴了一张告示："凡家中实在无法糊口者，可来小庙领点儿青菜，以作活命之物。"

消息一出，村民们便争先恐后地来小庙寻求帮助。

师父正在打坐，徒弟跑过来，低声说道："师父，张善人来了，他以前帮过咱们，现在正是报答他的时候！"

师父没有言语，转到菜地里，拔了两个萝卜、一棵白菜，走到张善人面前，递给了他。张善人百般感谢，含泪而去。

不久，徒弟再次跑过来，说："师父，李小四来了，这人没帮过咱们，不过，他也不是什么恶人，倒也没有欺负过咱们……"

师父没有言语，转到菜地里，拔了两个萝卜、一棵白菜，走到李小四面前，递给了他。李小四说声感谢，回望数次，恋恋而去。

又过了一会儿，徒弟愤愤不平地跑过来，说："师父，那个……那个癞小三也来了。这家伙不是什么好人，那年咱们去化缘，他竟让狗咬您，您的腿后来都疼了一个多月……"

师父没有言语，转到菜地里，拔了两个萝卜、一棵白菜，走到癞小三面前，递给了他。癞小三面红耳赤，匆匆离去。

徒弟见此，分外不解，追问缘故。

师父沉吟片刻，缓缓说道："知恩图报，每个人都会有这种想法；慈悲为怀，好心人都会这样去做；而佛心为善，就是要我们对人好，做善事，如果对善人行善，对恶人作恶，这样的善，还能叫善吗？"

徒弟心底猛地一动，有一束光亮猛然照到了心间。

不爱大海的孩子

大学毕业那年，尽管学习成绩很优秀，我却一直没找到合适的工作，而很多学习远不如我的人，因为家里有背景，一个个都进了我梦寐以求的单位。失望之余，我只有抱怨，抱怨自己生在一个贫穷之家，抱怨这个社会的不公正。

然而，怨天尤人是填不饱肚子的。无奈之下，我只好到一所乡下小学去代课，每个月拿几百元的辛苦费。

堂堂一个重点大学的毕业生，竟然去当"孩子王"，我觉得万般委屈，可又没办法，谁让自己这么背运呢？在这种心态支配下，我每天无精打采地给孩子们上课，只是按照教科书随便讲讲，心里一直在念叨：给一群刚认识百十个字的孩子上课，讲得再好又有什么用呢？

一天上午，我给孩子们讲解一篇与大海有关的文章。在讲到"大海"这个词语的时候，我顺便拿出自己在海边的照片。这些没有见过海的孩子，一个个都非常兴奋，指点着照片问东问西。这时候，我留意到一个叫小倩的女孩有些心不在焉，似乎丝毫不感兴趣。我有些诧异，但也没怎么在意。

接下来，我领着他们朗读课本上的句子："我爱大海！我爱美丽的大海……"

就在大家都认真朗读的时候，我注意到小倩依然没有张口，我不由得有些生气了，这孩子怎么这么不听话！于是，我立即停下，大声喝问小倩："大家都在朗读，你干吗呢？"这孩子被我点了名，显然很惊慌，痴痴地说："我……我……"见她半天也没说出个所以然，我就不再理她，领着孩子们继续念书。小倩一直站到下课。

这件事之后的第二个星期，在小倩的作文上，我看到了这么一段话："大家都爱大海，但是我不爱。大海很美，可是它又很坏，它把我爸爸带走了。爸爸再也没有回来过，母亲只能白天夜里都干活……"

看到这些话，我的心忍不住一阵战栗。从班主任那里我了解到，小倩的父亲曾经在一家造船厂打工，在一场大风暴中被卷进海里，再也没有回来……

那一刻，除了自责之外，我还对这些孩子生出了亲近之心、敬畏之心。一个不到十岁的孩子给我上了人生中重要的一课：

一个人不喜欢什么，一定有他的理由。

心理测试

"老公，过来嘛！我给你做个心理测试……"

余得水正三心二意地翻看着晚报，妻子苗在田甜腻腻地喊着他。

"做什么乱七八糟的心理测试啊！我要是回答得不好的话，你又要拼死拼活地和我闹了……"余得水心不在焉地回答着。

"不行！咱们玩玩，增加一些生活情趣嘛！"妻子不由分说地夺去余得水手里的报纸，开始念题，"听好了！假如说同时发生了五件事情：孩子哭，电话铃响，门铃响，水龙头正淌着水，而你恰好急着去解手，这时候，你该先做什么事情？请依次排列出来！"

余得水见妻子兴致勃勃的，便首先声明道："咱先说好，这可是游戏，假如我回答得不合你意，你可不能跟我胡搅蛮缠！"

"好的好的！你快回答吧！"苗在田随口答道。

"那好，我考虑一下，"余得水沉思一会儿，答道，"我会先抱起孩子，然后去开门，接着再接电话，再去解手，最后再关水龙头……"

"在你心目中，家人占第一，朋友居第二位，爱情排第三，性欲第四，金钱最不重要……"苗在田刚念完，随即脸色骤变，吼道："余得水，你竟敢骗我！你以前不是总是说我最重要吗？你看看，本性露出来了吧……"

"这都是闹着玩的，你怎么可以当真呢！"余得水不由得也有些愤怒了。

"还有，你看看，在你眼中，性欲比金钱更重要！什么人啊，你是……"苗在田愈发愤愤不平起来。

"你烦不烦啊！刚才说好不准闹的……"

"不闹？你自己看，你把性欲看得比金钱重要，就说明为了性爱你会不惜金钱，就说明你会掏钱去嫖娼、去找小姐！余得水，我真没想到，你平时衣冠楚楚的，竟然禽兽不如……"苗在田经过严密的逻辑推理，这会儿是真的愤怒了，眼里分明喷着火。

"你这不是血口喷人吗？我什么时候嫖娼了啊……"余得水气得几乎说不出话来。

两个人越吵越气，越来越怒，不由自主地破口大骂起来。余得水再也忍受不了妻子的无理取闹，伸手甩给了妻子一个耳光……

"余得水，你这个畜生！你嫖娼回来居然还敢打我！你等着……"苗在田捂着疼痛的脸，丢下了恨恨的一句话，夺门而出。

第二天，余得水被苗在田的两个表哥打得遍体鳞伤。

余得水还躺在医院的时候，就接到了妻子派人送来的离婚协议书。他知道和妻子早已恩断义绝，看也没看，唰唰唰在协议上签上了自己的名字。

刚刚伤愈出院，余得水就接到了一个老朋友打来的电话："得水兄，听说你和老婆离婚了？是因为你出去做那事儿被老婆知道了……"

"我是离婚了，但是我从没嫖过娼，天地良心……"余得水几乎吼道。

接下来，他又接到了内容类似的电话，分别来自表哥、堂妹、三大伯，甚至还有大学时候的初恋情人……余得水再也没有力气愤怒了。他不知道这些人都怎么了，这个世界怎么了？太荒诞了！他决心以死来自证清白。

余得水成功了，留下了一句话："我可以以死来证明，我这辈子真的没有嫖过娼！"

好名字,坏名字

郝健一直觉得自己这上半辈子默默无闻、一事无成,根本不赖自己,坏事就坏在父母给起的这个破名字上。他心底无数次恨恨地想道,中国汉字这么多,叫什么不好,偏偏就叫一个"贱"字……

为名字这事儿,郝健没少抱怨自己的父母,可父母的解释也合情合理。他们说:"我们就希望你这辈子健健康康的!"

郝健之所以如此痛恨自己的名字,是因为的确有过不堪回首的记忆。初中二年级那年,他因为上课接语文老师的话茬,被老师狠狠教训了一顿,最后还说:"郝健啊,真是好贱!"这话一出,便引起哄堂大笑。从此以后,郝健的耳畔便时常传来同学们模仿张学友《你好毒》的歌声:"你好贱,你好贱,贱贱贱贱贱……"

从这以后,郝健的成绩一落千丈,原本很有希望考上大学的他半途而废,中学毕业后就到一家工厂打工了。

庸庸碌碌中,郝健结婚了。不久,儿子出生。郝健绞尽脑汁,为儿子起了一个好名字,叫郝仁。

你别说,这名字还真是让儿子顺风顺水,从幼儿园到小学,儿子一直都是公认的"好人",成绩好,性格好,人缘好。

郝健也屡屡为自己起的好名字而自鸣得意。

然而，进了初中之后，郝仁的成绩竟然迅速下滑。这晚，郝健做儿子的思想工作："孩子啊，你得争气，得努力学习，成为别人的榜样，不然，怎么对得起你这么好的名字？"

一听这话，儿子气得把手里的钢笔摔到地上："好名字？狗屁好名字！现在我们班有个学生叫甄郝仁，大家早都叫我'假好人'了……"

郝健这下慌了，深知如果名字的事情处理不好，可能会耽误儿子一辈子。于是，他又是托人，又是送礼，想尽办法，帮儿子办了转学手续。折腾完，郝健才稍稍安下心来。

谁知，一个多月后，学校期中考试，郝仁的成绩又是班里倒数第几了。郝健正想问儿子怎么回事，只见儿子满脸悲伤地走过来，说："爸，我这次死定了，我昨天才知道，我们班还有个人叫沙郝仁，他把我都给杀了。你说我还能好得了吗？"

记住一个给你打击的人

大学期间,我有过一段难忘的实习经历,让我明白了一个道理:一个人要想成功,就必须记住曾经给过你打击的人。

那时,我在校园里小有名气,常有文章在报刊上"抛头露面",颇有些沾沾自喜。后来,我联系到一家报社去实习,带我的老师是一位三十多岁的女编辑,是"首席编辑"中最年轻的,笔头很厉害,曾写过多篇轰动全国的新闻报道。我想她一定是个很严厉、要求很高的人,因此第一篇稿子很用心,几乎穷尽所能,直到自己非常满意后才让她过目。满以为会博得赞许,不料,她却把那篇稿子批得一无是处。那以后,我不得不虚心起来,从零开始,不敢有丝毫的懈怠和骄傲。

实习结束时,女编辑请我吃了顿饭。饭桌上,她一反往日的严肃,十分温和地对我说:"小彭啊,还记得你的第一篇稿子吗?想必你这辈子也很难忘掉吧?说句实话,那篇文章你写得很好,我批评你,不是因为你的文笔不好,而是因为那时的你需要一次那样的批评……"

接着,女编辑讲了她自己的一件往事:

"大学毕业时,原本学经济管理的我选择了去新闻单位,而且,很幸运地被一家省级报社录用了。宿舍的姐妹知道后,吵着一定要我请客。我心情很好，满口答应，转身就去楼下买零食，走到半途中才想起没带钱夹，于是，又急忙往回走。才走到宿舍门口，就听到睡在我上铺的女孩说：'哼，你们看她得意的，都快要忘了自己是谁了，不过是侥幸而已，说不定不到三个月试用期就被人家赶回来了呢……'

"我一下子就愣住了……后来，我仔细想想，她的话虽刻薄，但还是有几分道理的。到了工作单位，我时刻记着那女孩儿的话，不敢有丝毫的马虎，因为我知道，自己可能仅仅只是侥幸而已，稍有松懈，就可能前功尽弃，可惜了这份侥幸……

"至今，我都很感谢那个女孩儿。正是因为那样的打击，才给了我前行的动力，让我一步步走到了今天，成就了今天的我……"

第四辑　　世事百态

大千世界，芸芸众生。纷繁芜杂的人心和世事，良莠相间，妍媸毕现，让我们感知真善，见识假丑。

同床共枕过

张三风为人热情，特喜欢和别人拉关系。某某市长是他小学同学的大舅子啦，某某书记是他小姨子的男朋友的二表哥啦，某某和他一起吃过饭，某某和他一起旅过游……他常常以此去跟别人套近乎。尽管被套的人常常不以为然，但碍于情面，也不好当面否认。

张三风也的确从套近乎中谋取过一定的好处，因此，对套近乎就愈加热心起来。这不，他们厂刚从外地调来一位办公室主任刘桃子，张三风一看刘桃子的照片之后，就禁不住大呼小叫起来："哎哟，我还以为是谁呢！这不是我上中学时候的好朋友桃子吗……当年我们可要好了啊，同一口锅里吃过饭，同一张床上睡过觉！这关系啊，真是没得说，没得说……"

大家见惯了张三风的做派，都没怎么在意。

然而，不知从什么时候开始，张三风曾经和刘桃子同一张床上睡过觉的消息，就像长了腿一样，很快就在厂子里传遍了。要知道，这刘桃子不是别人，正是胡总经理的老婆啊！总经理的老婆上中学的时候就和男生在同一张床上睡过觉，这还了得？

刘桃子的家里自此再无宁日。胡总经理虎着一张脸,气势汹汹的,非要妻子解释清楚这是怎么回事。刘桃子很是委屈:"我们一口锅里吃过饭不假,学校就那一口锅!可我们什么时候一张床上睡过觉啊……"两口子说着说着就吵起架来,一声比一声喊得响,最后胡总经理气急了,甩手给了妻子一记耳光,扬长而去……

又气又恨的刘桃子一怒之下寻了短见,吃了几十片安眠药,好在发现及时,送到医院被抢救了过来。

第二天,胡总经理就领着警察,找上了张三风的家门,他开门见山地问道:"张三风,今天当着警察的面,你要说清楚啦!你什么时候和我老婆在同一张床上睡过觉?你要清楚,毁谤可是要负法律责任的……"

张三风一看傻眼了,过了好一会儿才战战兢兢地说:"是这样的,上中学的时候我和刘桃子是同学,1995年她住在226宿舍西北角的那个床铺。后来,男女生宿舍对调,1996年,我就住到了刘桃子1995年住的那张床铺上。是这样,我们在同一张床上睡过觉……"

意 外

牛儒彬局长眼看就要退休了,在工作之余也逐渐地培养起一些业余爱好来。最近一段时间,牛局长对养鸟尤其是养鹦鹉的兴趣越来越浓厚,下属们甚至时常见到他把鸟儿带到办公室里……

牛局长的日子日渐清闲,而局里5个副局长分外忙碌起来,能不能治愈多年的"妇(副)科病"在此一举啊!他们跑市里,跑牛局长家,周周边边都光顾一遍。其中,熊副局长实力最为雄厚,最有潜力,跑得最为起劲。

快到调整干部的时候,熊副局长想再次给牛局长表示一下,毕竟正职的推荐很重要。他看到牛局长对鸟儿兴趣倍增,想出一条妙计:给局长送一只名贵鹦鹉,哪怕多花些钱,讨得局长欢心,自己就大功告成了。

熊副局长一向雷厉风行,想到就做。他借出差机会到广州一家名贵的宠物店里精心挑选了一只外国鹦鹉,据说原产法国,精通五门语言,记忆力极强。熊副局长试验几次,屡试不爽,于是花费近万元买下来,相信一定能够攻下牛局长这座"堡垒",而且一只小鸟儿,也不至于背上行贿受贿的嫌疑。

回到家后,妻子相当惊诧,就问:"你买这玩意儿干什么?"

熊副局长说明原因，妻子撇撇嘴，没有言语。不一会儿，读高中的儿子回来了，看到家里多了一只漂亮的鹦鹉，也很好奇，就问："谁弄来一只鹦鹉干啥啊？"

熊副局长正欲作答，想不到妻子抢先答道："送给牛儒彬那个老王八的！还花了一万块钱……"见妻子相当不满，熊副局长也不多加解释，叹了声"妇道人家"，就回屋休息了。

晚上，熊副局长把鹦鹉送给牛局长，牛局长果然精通鸟道，很是夸奖一番，甚是欢喜，并保证到时候一定推荐他。熊副局长于是知足地回家了……

然而，天有不测风云，牛局长最后推荐的竟是一向不显山露水的马副局长，经过领导研究商讨，最后一致通过。熊副局长很是纳闷，百思不得其解……

牛局长终于退休了。一次酒席上他们又坐到了一起，喝到脸红耳热之际，熊副局长趁着酒劲儿质问牛局长为什么当初反悔，牛局长拍拍熊副局长的肩膀："老熊啊，咱们在一起很不容易，我知道你一直对我有意见，有就直接说嘛，干吗用鹦鹉代言呢？你送我鸟的第二天，我老婆问弄这么好的鹦鹉干啥，你猜那鹦鹉说什么，它说'送给牛儒彬那个老王八的'……"

听到这里，熊副局长一屁股跌在椅子上，一句话也说不出来了……

"不容易先生"传

某机关某先生,姓莫名须有,年龄待考,籍贯不详,坐机关数十年,官职不大不小,收入不多不少,察言观色,洞悉世事,每逢事必有"不容易"之慨叹,人称"不容易先生",口碑甚好,人缘甚佳。

上访农民衣衫褴褛,见人进出必称领导,他人常熟视无睹,唯有"不容易先生"感叹有加,称"土里刨食,犹有人欺,不容易啊,不容易……"似有悲悯之情,常含不忍之色。上访农民感动得双眼闪烁,涕泪横流。

大学生小吴初踏机关,上班伊始,被众人指使得手忙脚乱,马不停蹄,搞卫生,提开水,取报纸,送文件,往往汗流浃背,气喘不止。"不容易先生"屡屡一边翻看报纸,一边当面赞曰:"小兄弟,不容易啊,年轻人刚来,勤快点儿,多干活,不吃亏……"小吴尽管亦常被"不容易先生"指使,却对其感恩有加。

科员武某,上有老下有小,老婆失业,孩子病重,每日奔波劳碌,受尽贫病煎熬,年纪轻轻而皱纹横生。"不容易先生"每每见之,必哀叹三声,酿好情绪,一边摇头一边感慨:"不容易啊,不容易,月有阴晴圆缺,人有旦夕祸福……"听者点头如捣蒜,心有戚戚。

主任许某,混了十几年才混得一个副科级,自嘲曰"妇(副)科病",逢人抱怨,众人避之如祥林大嫂,独有"不容易先生"静听倾诉,轻抚其肩,缓缓而语:"呕心沥血十几年,不容易啊,不容易……"许某如遇知音,紧抓其手,仰面而叹。

局长李某,生性喜酒,为人豪爽,无酒不饭,名传久远,挥霍公款无数,然则近况不佳,罹患肝癌,命在旦夕。他人或窃喜,或暗骂,或表面关心,唯有"不容易先生"深表哀伤:"为国为民,摧残至此,不容易啊,不容易……"

副市长朱某,嫖娼时被政敌暗算,媒体曝光,一时,人心大快,百姓庆贺,"不容易先生"在众人面前不置可否,回到家中对妻曰:"副市长在任时,是会必请,每每讲话,必口干舌燥,居然因小事落马,人心难测,世态炎凉,不容易啊,不容易……"

书记牛某,贪污受贿数千万,终于东窗事发,囿于"双规",家产被查封,儿子的留学亦中途而辍,"不容易先生"慨叹曰:"为家为子,丧失党性,纵然贪污千万,每晚必定心有不安,彻夜难眠,心神不宁,人前人后,装模作样,不容易啊,不容易……"

"不容易先生"从来不做什么要紧事,从来没承受太多生活压力,却时常感叹活着不容易,感叹自己不容易,感叹别人不容易,感叹每一个人其实都不容易……

效果"显著"

侄子眼看就要读初中了,可是英语还是一塌糊涂,哥哥嫂子都急得像热锅上的蚂蚁——要知道,现在英语是最重要的敲门砖了,别说考大学找工作出国,连当一个保安还要有英语四级的水平呢,哥哥嫂子哪能不急?

暑假到了,侄子放假了,原本打算好好玩上一通的,可哥嫂坚决不同意,还硬扯上我,要给侄子找一家英语辅导班。说什么我毕竟是硕士研究生,懂行,要用"火眼金睛"为侄子找一家好的培训班,让他的英语水平能有一个突飞猛进的提高。

说实在的,对于英语培训班,我还真的不了解,但哥嫂有令,我只得硬着头皮上。考察了几个培训班,我选中了"康桥培训班",因为他们有钢铁一样的承诺:"培训结束,学生英语水平没有明显提高就全额退款!"

侄子上培训班之前,他们简单地测试了一下:苹果怎么说怎么拼?侄子答了出来。可是问到"香蕉"一词,侄子就说不上来了。他们说:"您就放心吧,一个月后,没有明显提高我们绝对全额退款!"

上课期间,我问及侄子感觉如何,侄子说"还行吧"、"差不多",模棱两可,我也没在意。

培训结束了,我让侄子念一篇小课文,很简单的几句话,侄子却读不下来,我一听就火了,这明明没有"明显提高"嘛!遂拉上侄子,去找培训班的管理人员。

见我气势汹汹的,他们却不紧不慢。我说侄子上了一个月培训班,没有任何效果,要他们退钱。他们竟一脸微笑地说:"不可能,咱们现在就可以测试。"

接下来,他们让侄子拼写苹果、香蕉等一些简单的词语,这次,侄子把"香蕉"给拼了出来。他们乐了:"你看看,来的时候,这孩子不会拼读'香蕉'这个词,现在既会拼,还会写,这是一个质的进步啊!当然是'效果显著'啦,不符合退款条件……"

领导腰上有块疤

领导本来是局长。局长虽是军人出身，却为人谦和，平易近人，局里上下都对他交口称赞。

按照正常的轨迹，局长是不可能两年之后就当上副县长的，这得益于局长腰上的那块疤，更得益于局办公室王主任会办事儿。

那天下午，一个饭局之后，局长心血来潮，要拉着王主任去泡澡。能和局长毫无遮掩地坦诚相对，一直是王主任梦寐以求的。

泡澡就是泡澡，并没有其他的暧昧项目。喊来搓澡工搓背时，王主任发现局长的腰上居然有块疤。那伤疤是斜长的，经水一泡，闪闪地晃着红晕。

"哎哟，局长，您身上还留着战斗的痕迹呀！"王主任立刻想起了局长当兵时曾经参加过对越自卫反击战，"我明白了，肯定是您打仗时挂了彩，看看，这疤痕，肯定是刺刀伤的……"

局长一脸神秘，笑而不答。

第二天，局长曾在战斗中英勇负伤的消息便在局里传开了。王主任充分发挥起他当秘书的优势，绘声绘色地描述起局长当年的雄姿来:"嘿!那时是和敌人的遭遇战,是肉搏,拼刺刀!局长一马当先,冲在最前面,一口气刺中了六个敌人。后来,一个十多岁的娃娃兵,满脸的恐惧,局长就放过了他,谁知道这娃不知好歹,竟回过头来偷袭局长,一刀刺到了局长腰上……"

一个星期后,局长腰上有块"光荣疤"的消息就在整个县城传遍了。

半个月后,由王主任亲自操刀写好的一篇新闻稿《昔日战斗英雄,今朝为民公仆》在市报头版发表,一时间,局长的大名妇孺皆知。

半年之后,局长跨越性地成了副县长。又过了半年,县长脑溢血突发,年纪轻轻竟撒手西去,于是,众望所归的副县长顺理成章地当上了县长。

局长当上了县长之后,原来的"伯乐"王主任也随着受益,不久就顶了局长的缺,满心欢喜地当上了局长。

王主任当了局长不久,就打了个报告,要去美国考察先进的管理方式。县长大笔一挥,批了几十万,王局长便轻而易举圆了出国梦。

这天是县长老爹的生日,县里主要领导宴请老寿星,老爷子喝得高兴,忘了形,醉得一塌糊涂,竟讲起县长小时候的糗事来:"这孩子,小时候那真是顽皮得很啊。十二岁那年,他偷穿姐姐的红裤子,竟然还敢去骑牛,这不,被牛一下子撞到劈柴茬儿上,腰里的伤疤到现在还有呢……"

众人一听,不禁愕然,县长早已满面通红,羞愧难当。第二天,县长造假捞资历的消息便传得满城风雨了。

一个星期后,王局长考察归来,在县中层领导会议上作报告,谈着谈着,又情不自禁地讲起县长的"光荣历史"来:"那时是和敌人遭遇战,拼刺刀!县长一马当先,冲在最前面……"

才说两句,县长拍案而起,骂声"扯淡",拂袖而去。

半个月后,王局长被撤职,理由是借出国考察挥霍公款,影响恶劣。

"送温暖"

进入县政府办公室当秘书之后,我就整天忙着为领导服务了,譬如逢年过节想着如何为领导发福利,如何通过自己的酒肉朋友扩大对领导的正面宣传。毕竟自己是新手,好多事情都不知从何做起,不得不虚心学习前辈的经验。

看我尚有些潜力可以挖掘,领导就给我许多学习的机会,这次送"温暖"活动,县长就点名要我跟去,说是让我见识一下咱县政府的"爱民之举",努力学习办事要领,并声称从明年开始"送温暖"就由我一手操作。

办公室准备好了两袋面粉,两壶花生油,还有二十斤大肉,然后打电话通知县电视台、县广播电台,神通广大的宣传干事居然邀请来了市报记者。开车到了山脚下,崎岖的山路不能通车,不得已,我们又雇了两个农民挑着面、油、肉,浩浩荡荡向山上进发。

一路欢声笑语,县长又讲了几个"擦边球"笑话,大家附和着笑得很开心。大约走了近十里山路,县长问还有多远,一个熟悉的人说大约还有三分之一的路程。县长擦着额头的汗,作了重要指示:"办公室的同志要记住,下次再送温暖,不要再找这么远路程的人家,浪费人力物力,这些钱都是老

百姓辛辛苦苦挣来的啊……"我们于是唯唯诺诺,甚至有人仔细地往笔记本上记……

好不容易赶到那个小山村,大家打发了两个挑夫,亲自把面、油、肉抬起来,县长还亲自拉着面粉袋的一角,往一间小茅屋走去。一边走着,县长一边说:"这位毛大妈是烈属,儿子在一次执行任务中壮烈牺牲了,但县政府时时刻刻都没有忘记这位大妈,每年都来看望她!"

"毛大妈,我们来看您来了!"我们使劲地敲门,可是里面一点儿反应都没有。正疑惑间,一个男子慌慌张张地跑过来,气喘呼呼地对我们说:"各位领导,实在对不起,我是这个村的村长!你们要看望的毛大妈在三个月前就死了,我已经向乡里报告过了……"

县长听到这里,有些不耐烦,但终于没有发作,当机立断:"咱们现在开个会,速战速决,一定要妥善解决好这个问题!"经过一番的讨论,大家一致决定,由村长快速找来一个老太婆,代替毛大妈履行"送温暖"仪式。村长也雷厉风行,不出五分钟,就找到一位老太婆(后来才知道那老太婆是村长他妈)……

"送温暖"仪式圆满结束。

第二天,市报的头条新闻就登出了《县长一行爬山二十里看望烈属毛大妈》的消息,照片上县长满含深情,"毛大妈"眼含热泪。县电视台、广播电台也将这条新闻播了头条……

哪个老赵？

赵秘书的仕途可谓是充满坎坷，尽管他个人要能力有能力，要修养有修养，要学历有学历，披星戴月，日夜操劳，可是历任领导似乎全都熟视无睹。每每到调整干部的时候，赵秘书总是兴奋期待，最后扫兴而终。

眼看赵秘书已经年近四十了，可还是小小科员一个，大家都有些于心不忍。不忍归不忍，除了新来的几个大学生喊赵秘书为"赵老师"外，大家还是不得不按照历史沿袭称呼赵秘书为"小赵"，就连比赵秘书小的一些领导或者同事也不例外。赵秘书有些泄气，偶尔也有些埋怨，可工作还得扎扎实实地干好，不然，丢掉了饭碗，老婆孩子只有喝西北风了……

然而，赵秘书的儿子赵小虎的"仕途"却不像老子那般不顺。他十四岁就开始担任学生会主席，人缘很好，颇有口碑，许多学生都尊称他为老赵。赵秘书刚开始听别人喊儿子老赵时很不舒服，但后来转念一想，儿子如此优秀，自己应该高兴才对，时间一长，也就慢慢适应了。于是，家中凡是有了"老赵"的电话，都是找儿子的；凡是"小赵"的电话，都是找爸爸的。有些黑色幽默，但家人也都不以为意。

不久前，局里再次调整干部，早已经灰心丧气的赵秘书居然幸运中彩，被任命为办公室主任。赵秘书立马成了赵主任了。单位的下属对赵秘书的称呼立即改变，同级或者稍微高他一些的领导也改变了称呼，叫他"老赵"。赵主任当然是人逢喜事精神爽，工作愈加卖力了。

但是，自从赵秘书升为赵主任，家里接电话就屡屡会出些小差错，譬如让"老赵"听电话时，儿子有时会习惯性地回答"我就是老赵"，结果惹得领导不高兴，或者惹得同事笑话。后来，家里接电话都小心翼翼地，凡有找老赵的都不得不问一句"你找哪个老赵啊"，弄得打电话的人莫名其妙……

这天是周末，赵主任和儿子都在客厅看电视，家里门铃响起，打开门，见一个陌生的年轻人站在门口，问道："老赵在家吗？"

"你找哪个老赵啊？"父子俩不约而同地问道。

聪明的鹦鹉

柳太太爱鸟成痴,尤其喜欢鹦鹉,每次遇到可心的鸟儿,总是不惜花费重金购买下来,拿回家去享受它们的"恰恰之啼"。好在,丈夫柳先生是一家公司的老总,家底相当殷实,买几只小鸟儿不在话下,只要能哄夫人开心,柳先生一向是挥金如土的。

这天,柳太太随女友一起去看望多年未见的故友。这位故友是做服务行业的,在市郊开了一家夜总会,据知情人士透露,那里的生意一向火爆,因为那里的"小姐"不仅身段姣好,面若春花,还有外籍美女坐台,客人能够享受到不同风情的高质量服务。

柳太太本来不喜欢那样的场所,但是毕竟是看望老朋友,不得不勉为其难。出乎意料的是,她在夜总会迎宾台前,看到了一只聪明伶俐的鹦鹉。这只鹦鹉能向每个来人打招呼,若是认识的人,干脆就喊出对方的名姓,甚至还和来人开玩笑……

柳太太一下子就喜欢上了这只聪明的鹦鹉,央求着老友把鹦鹉卖给她。老友颇有不忍,但看在老朋友的分儿上,最后只好忍痛割爱。柳太太提走鹦鹉时,老友再三交代:"这只鹦鹉以前在这样乱七八糟的场合,又挺能学说话,污言秽语的也学了不少,你一定别介意它的胡言乱语,最好尽量把它调教得文明些。"

柳太太心里乐滋滋的,口中连连称是,能够得此聪明伶俐之鸟,焉有不乐之理?带到家里,女儿见到也分外欢喜,时不时地逗它玩儿,可那鹦鹉却有些不识相了,张口来了一句:"你这姑娘这么漂亮,怎么也做这皮肉生意?"女儿一听,拿起棍子就要打死那鸟儿,柳太太一见慌了,连忙拉住,好言相劝,才息了女儿的怒气。

晚上,柳先生好不容易摆脱繁忙的事务回到家,刚刚推开门,就听见那只聪明的鹦鹉扑闪着翅膀欢快地叫着:"柳先生,柳先生,你又来了,你又来了!你还要那位越南的姑娘吗?"

柳太太刚开始还满面笑容,渐渐地,笑容凝滞了,脸上的怒气越积越浓,而柳先生则满面通红,不尴不尬地愣在了那里……

腕　力

初到这家网络公司的时候,看到经理马总一脸的和善,心里不觉间有一些温暖,也有一些欣慰,毕竟是自己大学毕业后的第一份工作,能在一个和蔼可亲的领导手下工作,与领导和睦相处,即使累些,也没有什么。

马总其后的表现果然没有让我失望,他常常放着自己舒适的老板椅不坐,到我们五个人一间的办公室里,同两个称得上漂亮的女员工讲几个半荤半素但又不失风雅的笑话,称得上与民同乐,颇得大家的好感。

马总身上有不少"诗鬼"李贺的气质,看上去精瘦孱弱,手指细长,有些精力不济的样子,却每每以壮士自居,喜欢在下属面前抡几下胳膊,做几个扩胸运动,以显示肌肉的发达,时不时地还向我们办公室的三位男员工挑战臂力,结果往往是大获全胜……

某日酒后,马总再次向我们炫耀自己的"力大无比",很有些目空一切之意,声称自己是五年健美出身,掰败无数英雄豪杰……一时间激起了我酒后的莽气,由于酒精的刺激,我跳将出来,站到老总面前,说:"马总,我想再领教一下您老的威猛!"

由于没有手下留情,加上好胜心达到顶点,我一鼓作气,轻而易举将马总掰败。这时,不知谁带头鼓起掌来。看到马总脸色通红,我才意识到自己犯了错,但为时已晚。

好在马总并不是小肚鸡肠之辈,不仅没有记恨,反而对我更加"另眼相看"了,尤其是在干力气活的时候,从来不会忘记给我一个发挥特长、表现自我的机会,而且会不失时机地"夸奖"几句:"这么强壮的小伙子,不好好培养培养,锻炼锻炼,我还真是浪费人才,误人子弟呢……"这不,已经下班一个小时了,这篇小文章还没写完,马总又急匆匆地来了:"小彭啊,你看这台电脑桌急用,楼里电梯坏了还没修好,麻烦你搬到十楼吧?"

我差一点儿晕过去……

老总的诺言

三年前，我刚刚大学毕业，来到一家刚创办不久的网络公司。因为当时人手紧缺，老总不得不对我们委以重任。我一边做新闻采编，一边做网站维护，有时还要去拉业务，跑市场。

老总是一个富有雄心的人，立志要在三年之内让自己的公司进入全国一流的行列。我现在还清楚地记得公司正式开张那天老总慷慨激昂的致辞，让人热血澎湃，情绪亢奋……

老总说："同志们，咱们都年富力强，有的是热情，有的是力量，有的是能力。可以这么说，三年以后，网络界就是咱们的天地！我保证：一年后，让大家都配上'笔记本'；两年后，为大家解决车的问题；三年下来，解决你们的住房问题……"

我们群起鼓掌，大声叫好，差点儿喊出"老总万岁！"此后，我们干起活来像老牛一样踏实，对薪水的要求降到最低，可以说任劳任怨，无怨无悔，只为了老总的承诺……

但是，现实并不如我们想象的美好，第一年年终，看着老总愁眉苦脸的样子，我们谁也没好意思提"笔记本"的问题，但老总还是给我们发了红包，钱不多，也是番心意。除此以外，他还真买回几大包的笔记本来,每人发了好几个。

熬到第二年年底,老总唉声叹气的声音让我们有些心寒,将心比心,算了,等明年吧。老总也没有食言,每人配了辆自行车。

第三年,公司的业务有所提高,我们的待遇也稍稍好转。好不容易到了年终,老总说:"咱们的住房问题解决了!"正疑惑,老总接着说,"咱们每两个人租住一间宿舍,今天就搬吧。怎么样,我给你们的三个诺言全都兑现了吧?……"

乡长的眼泪

我在乡政府办公室待了好几年了。叶乡长上任的第一天就对我说:"老弟,我明白你工作的辛苦,想当年我可是在办公室苦苦地熬了十几年啊!你看,这四十出头了,才混上一乡之长,不容易啊!真是不容易……"

知道叶乡长履历的人,都知道他此言不虚。叶乡长尽管为人处世滴水不漏的,可是一没后台,二没学历,因此,政治上进步得特别慢,眼看着和他一起共事的人都到了副县、正处,叶乡长这才颤巍巍地爬上了乡长的位子。

平心而论,叶乡长还是很珍惜这职位的,对领导指示向来执行得说一不二,对乡里的百姓也尽心尽力做些实事儿,尽管没什么大的政绩,倒也兢兢业业。

然而好景不长,叶乡长上任刚过半年,乡中学就出了一件祸事,一些十四五岁的外乡孩子跑到学校里来找漂亮女孩儿,竟然和本校的一些小混混们干上了。三四个孩子被匕首捅了几刀,命在旦夕……

消息一传开,舆论哗然,批评学校、批评政府的声音不绝于耳。叶乡长吓坏了,按照往常的惯例,发生这么大的恶性事件,即使不撤职,也得降级。这天开全乡教育工作大会,叶乡长面对着校长、副校长、学校教导主任，以及一部分学生家长代表，在一片沉重的氛围中开始讲话，可是讲不到三两句，叶乡长竟然忍不住当着近千人的面声泪俱下，泣不成声，其深情之状，令台下人无不动容，我的眼泪也忍不住流了出来……

新闻播出之后，反响很大，许多人被感动了，纷纷给电视台、给报社、给政府写信，恳请要爱护这样的爱民干部，日报还不失时机地写了一篇社论：《滚滚热泪，拳拳真情》。

鉴于民心所向，叶乡长不仅没有受到处分，反而因祸得福，拉到了不少的外地投资。这晚，我又和叶乡长一起陪外商吃饭，这天的客人特别豪爽，喝酒又是海量。送走客人后，叶乡长和我都醉醺醺的，不知怎么提起那个会场，我说："乡长，您那次在台上流泪特别真，特别感人……"

叶乡长也很有感慨，摇头晃脑地说："老弟，你说得不假！那次哭……哪个……哪个龟儿子不是真哭？你想想，我都四五十岁的人了，老婆没工作，儿子不争气，我要是再被撤职成了老百姓，我这一辈子可咋过啊？一想到这，我忍不住，眼泪就来啦……"

"改革"

大学毕业后,我被分配到一家省级机关办的杂志社做编辑。虽说机关是个好地方,这杂志社却是清水衙门,除了每月一千多元的工资之外,奖金福利很少。主管杂志的王处长也屡屡抱怨,说是自己为单位当牛做马卖了十几年命了,居然被安排到这么一个鬼地方。

抱怨归抱怨,工作还得做。好在每年杂志社都会组织一次集中出书的活动,向一些县处级领导约稿。有的领导为了显示自己的理论水平和政绩,就会准备好文章,再从财政开支里支取经费交纳万元左右的版面费发表。这是我们最忙、最高兴的时候,因为出书赚到的钱,有一部分会成为我们的福利。

可近两年这"生意"是越来越不好做了,越来越多的杂志社在争揽业务,"领导文集出版业"出现供过于求的局面,而且一些杂志社搞恶性竞争,降低版面费,害得我们也不得不压价,"生意"还是越来越冷清了……

到上个月,我们拉到的客户还不到10家,王处长听了汇报,眉头紧锁。当天下午,我们就集中召开紧急会议,研究对策。会上,大家七嘴八舌,各抒己见,一向具有创新意识的小刘提议:"咱们给投稿的领导发稿费怎么样?把稿费开得高一些……"

一时哗然,"生意"本来就不景气,还给人家发钱,这不是要我们的命吗?王处长问怎么个发法,小刘不紧不慢地说:"咱们可以给文章的作者发稿费,当然,这稿费还是来自投稿者本身。文章的版面费都是单位出的,没人心疼,我们可以适当提高版面费;而稿费却是发给个人的……"

小刘的话还没说完,王处长就把桌子一拍说:"好!就这么定了!"

"改革"的效果立竿见影,不到两个月,我们组来的稿件已经超过了200篇,而且,还有人陆续打来电话,要求给我们的文集投稿。王处长喜上眉梢,给小刘发了一大笔奖金,还深有感触地说:"不改革就没有出路,不改革就解放不了生产力啊……"

据说局长有洁癖

侯局长初来我们局里的时候,大家都不知道他的脾气,都有些惴惴不安的。

那天上午,我们早早赶到单位,先把办公室打扫干净,桌面擦得光亮可鉴。局长到了,我们都站起来,微笑问好。局长很是随和,和大家寒暄一番,接着,就各自去忙自己的工作了。

中午下班时,中文系毕业且以观察细腻著称的康姐神秘地说:"同志们,根据我的观察,咱们的新任局长是一个有洁癖的人。大家可以回忆一下,局长今天上午去了多少次洗手间?啊,八次啊,而且每次回来时我都可以闻到他手上浓郁的香皂味儿。告诉你们,这样的领导不大好相处,尤其不能把自己和咱们的办公室弄得脏兮兮,乱七八糟的,知道吗?领导的印象是第一生产力……"

看来,以后我们想不干净也不可能了。自此,我们都竭尽心力地把自己、把办公环境打理得一尘不染,局长时不时地夸奖我们,还说自己是局里最不干净的人了。我们当然变着法子夸奖他老人家领导有方,不仅严于律己,而且带动了下属……

两年之后，侯局长要高升了。欢送会上，局里的小吴喝得酩酊大醉，他酒壮人胆，居然在局长面前诉起苦来："老局长啊，您在这里两年真的委屈了我们啊，您是有洁癖的，可我是一个随手扔垃圾的人啊……"

"谁说我有洁癖啊？"局长一脸的迷惑。

"大家都知道啊，您来咱们局上任的那天上午，一共用香皂洗了八次手啊！"我迫不及待地解释着。

"哈哈，你们说那天啊！那天我狼狈极了，拉肚子拉得我想自杀呢！告诉你们，我每次洗澡还是孩子他妈逼的呢……"

福　相

　　进入机关工作十年了，我没太大变化，只是从当初的科员变成了副主任科员。尽管整天被人"张主任"地叫着，说到底，还是打杂跑腿的小兵一个。

　　与职位截然不同的是，经过十年的"酒精考验"，我的身材发生了明显的变化，越来越"官员化"了，由原来的干瘪身材变得方面大耳、大腹便便。见过我的人都说我有福相，早晚有发达的一天。

　　你别说，这福相还真给我带来不少好处，再加上"张主任"这个称呼可大可小，在不熟识的人面前，我常常被误作高官，好烟好酒没少享受，购物券、纪念品也没有少拿。老婆常常喜笑颜开地打趣我："真是可惜了你这一副好皮囊……"

　　从去年开始，我的"好皮囊"才充分发挥作用。单位新调来的"一把手"也姓张，也被人喊作"张主任"。更巧的是，我跟"一把手"长得有几分相像。如此一来，我便常常被委以重任，譬如，替"一把手"开一些不太重要的会，替他上在职研究生的课，甚至替他去考试。张主任也常暗示我，等有合适的机会一定给我一个更重的担子来挑……

　　我的生活变得前所未有地明媚起来。与此同时，我的感情生活也迎来了第二春。在一次替"一把手"上在职研究生课时,我认识了一个叫小媚的女子。小媚长得冰清玉洁,正是我梦寐以求的女神类型。

我和小媚交往没多久,就进入实质性阶段。一次酒后,我们开了一间房,迫不及待地滚到了一起……意料不到的是,此事过去没两天,小媚就打电话给我,让我把单位的一项工程承包给她的表哥。我一听,惊出了一身冷汗。坏了,她把我当成真的张主任了。

我骑虎难下,既不能跟张主任说,也不能告诉小媚实情,只好含含糊糊地应承着,心想能拖一天是一天。然而,很快,工程招标开始了,小媚的表哥毫无悬念地没能中标。小媚打来电话,恶狠狠地说:"姓张的,你敢耍我,你等着好看吧!"不等我回话,她便挂掉了电话。等我回拨过去,对方的电话已经无法接通……

很快,上级纪委带着一张性爱光碟来调查我们单位的张主任;很快,上级纪委知道了光碟里的主角仅仅是一个冒牌的张主任;很快,我被开除公职,在家听候审查,同时承受着各界的指责;很快,上级部门发现正牌的张主任为人正派、口碑很好;很快,张主任又官升一级……

我陷入前所未有的黑暗之中,天天顶着老婆的唾沫星子过日子,却一直坚信,凭着自己这福相,早晚有翻盘的一天!

果不其然,一个月后的某天深夜,我接到老领导张主任的电话:"张老弟,你赶紧到发达路与风流路交叉口来,我酒后驾驶撞死一个人,你帮我顶一下,搞定之后,我给你50万元……"

市长亲自敬我烟

在机关里工作七八年了，可是我的职务一直没有什么变化。俗话说"朝里有人好做官"，而我属于地地道道的城市"第一代移民"，除了自己努力工作之外，别的什么都指望不上。尽管工作分外卖力，领导也都非常满意，赞赏有加，然而，可每到调整干部，却一个个都是装聋作哑，闭口不谈。

想不到最近几天，事情有了转机。那天局长找我谈话，说是我的工作成绩有目共睹，并且说他已经和局里领导班子通过气，准备破格提拔我当办公室主任。

我被突如其来的喜讯弄得有些不知所措，要知道，这几年我最大的奢望是当科长啊！直到局长说："小彭啊，以前实在对你关心太少了……"我才缓过神来，慌忙道谢。回家的路上，我有些恍恍惚惚的，甚至不止一次地掐自己的大腿，确认不是在梦里之后，不禁感慨，想不到这么好的运气居然撞上了自己……

第二天，我要提拔的消息就传开了，甚至有风言风语说，我和新来的市长关系非同一般。我有些迷糊，我连市长什么尊容还不知道呢！

别人说什么我懒得搭理，想不到连我在局里最好的朋友，

局长的司机小贾也这样认为。那天下班后，他拉我去吃烩面，两个人喝了点儿白酒。侃着侃着，小贾突然说："兄弟，你真不够厚道，有这么硬的关系也不和兄弟说一声，局里领导班子知道你和咱们市长关系那么铁，敢不提拔你吗？"我也大着舌头说："兄弟，不骗你，我真的不认识什么市长啊！"

想不到朋友怒了，大声说："上个星期六中午时分，在淮河路口，新来的高市长和你打招呼，还让了你一支烟，并且亲自给你点上，那时我开车带着咱局长正在等红灯！看！我手机上的照片还在呢，你还有什么话说……"

我看了看照片，努力搜索着回忆。嘿，你别说，那天还真有人给我让烟呢。记得那时我正赶往单位加班，一个大腹便便的中年人微笑着问我："兄弟，请问最近的厕所在哪里？"同时让给我一支烟，并且给我点上……

原来，他就是新来的市长大人啊！……

协调协调

我在某事业单位埋头苦干了二十多年,至今还是中级职称,尽管在业界也有一点儿不大不小的名气,可每次高级职称评审的时候,幸运之神总会跟我擦肩而过,单位领导也屡屡对我象征性地表示歉意,说指标有限,下次一定为我争取。领导换了一茬又一茬,我一直在"专家队伍"的大门外徘徊……

挚友老张见我死活不开窍,直截了当地对我说:"老彭啊,评职称这事儿,你得学会协调协调……"一听到"协调"二字,我才恍然大悟,怪不得这么多年我屡屡争取屡屡失败,原来是"协调"不到位啊!

于是,我通过老婆的三姑父的大侄子,认识了吴主任。据传,吴主任绝对是"协调"高手,而且是非常热心的人。

吴主任一见到我,就开门见山地说:"彭老师,咱都是亲戚加亲戚,一家人不说两家话。这事儿其实也简单,人事局的贾局长和我是哥们儿。不过,这年头,关系是关系,该协调的时候还是得协调……"

我赶紧堆起一脸笑容,说:"吴主任,求您办事,需要花销在所难免,钱我都准备好了……"

要说吴主任还真是个靠谱的人儿。一个星期后,他便给我打电话，说："事情协调得差不多啦，你带上现金，咱们去贾局长家看看！"

我带了两万多元现金，按约定找到吴主任会合。吴主任开车拉上我，七转八拐到了古玩城，在一家字画店前停了下来，说："贾局长喜欢字画，咱们买两幅字画吧？"

我连连称是。于是，吴主任和我一前一后走进了"德馨"字画店。看来吴主任是这家店的常客了，女老板睁开惺忪睡眼，边打哈欠边笑说："吴主任来啦，欢迎欢迎……"

几乎没怎么挑选，吴主任就选中了一幅行楷、一幅国画，一看作者，叫莫清褚。尽管我对书画研究不多，但也看得出这莫画家是位不入流的主儿。

吴主任让女老板把字画打好包，然后领我去付款，一万六！我一时瞠目结舌。就这字画，零头也不值啊！我心里嘀咕开了，正想争辩时，吴主任赶紧拉了拉我的衣角，我只好付钱，女老板又说店里发票用完了，吴主任主动提出："发票不开也没关系，您开个收据就成。"

刚上车，我就忍不住对吴主任说："就这字画，零头也不值，咱们挨宰了……"吴主任打断我的话，哈哈一笑："这字画啊，也就值几百块钱，不过，咱们要想进步啊，还就得有点儿主动挨宰的精神……"

来到贾局长家，随便拉了拉家常。吴主任便拉住贾局长，把那两幅字画拿出来给他欣赏，还特意将那女老板写的收据在贾局长眼皮子底下晃了晃。

贾局长似乎对这字画并不怎么感兴趣，说："莫先生的字画，我这里已经收藏不少了，这两幅你们还是带回去自己欣赏吧……"

一听这话，我跳楼的心都有了，一万六千元可是我半年的工资啊。可吴主任仍然不紧不慢，一脸平静，笑容可掬。

随后，我隐隐约约听到贾局长说："彭老师的名声和成绩，我听很多人提起过，这样有真才实学的人，早该晋升高级职称了……"

我不知道自己是怎样跟着吴主任回到车里的，一到车上，我就懊悔地说："吴主任，看看，咱们礼都没送出去，这事情砸了吧？"

谁知吴主任一脸不屑："彭老师，您真是读书读呆了，您就放心吧，您的高级职称，已经板上钉钉了。"

我一直忐忑不安，直到高级职称证书发到手里的时候，还不敢相信这是真的。

几个月之后，我才隐约得知，那位叫莫清褚的书画家，原来是贾局长的老丈人，而那家"德馨"书画店，正是贾局长的老婆背地里开的……

村长养鱼

何庐中专毕业后没找到合适的工作,只好回家务农。照何庐自己的话说,咱的工作既稳定又对口,而且自己当老板,想干啥活干啥活,想甚时干甚时干。

何庐这样说时,有点儿自我解嘲,但也不无道理,他学的就是农林专业,不回家种地还真是不好找对口工作。

何庐比别的农民多喝了几年墨水,做起事来就是跟别人不一样。别的农民农忙时候在家干活,农闲时候出去打工,这何庐偏不,农闲时,就用老爹的拖拉机把村西头那个废鱼塘里的泥土往外拉,别人问他干什么。何庐头也不抬,说:"我把鱼塘整一下,打算养鱼……"

不到二十天,这鱼塘还真整得像模像样。

何庐把塘里充满了水,又跑到县城拉回一万尾鱼苗放进塘里。

村人们见何庐动了真格的,就纷纷议论起来,有的说这小子还真会想点子,有的说以前有人养过,夏天天旱,塘水干了连本钱都没捞回来,村长也一脸不屑,说:"这小子,怕是穷疯了……"

还真叫村人说着了,这年夏天还真是大旱,何庐只好买来两个微型水泵，时不时地往鱼塘里抽水。稍有空闲，何庐就去塘边的田野里拔草，把草扔到水里喂鱼吃。

功夫不负有心人。第一年，何庐光鱼塘就赚了两万元。第二年，何庐正要去买鱼苗时，村长找到他，说："今年那鱼塘你别养鱼了，鱼塘是全村的，你一个人挣钱算怎么回事？"

何庐有点儿气愤，可想想村长的话也不无道理，就说："村长，要不这样吧，我每年给咱们村交两千块钱……"

村长撂下一句"这事儿得研究研究"，头也不回地走了。

研究的结果何庐不得而知，他只知道，最后村长弟兄几个合伙买了一批鱼苗，撒到了鱼塘里。

何庐气坏了。然而，村长家是个大家族，人多势众，何庐自知根本不是村长的对手。

到了暑天，鱼塘里的水越来越少，村长也效法何庐，买来水泵给鱼塘抽水。万万没有料到，头天晚上水泵刚装好，还没来得及抽水，第二天清早，塘里的鱼儿竟然全都翻了肚，白花花的漂了一片。很明显有人下了药。

村长气得破口大骂，只好把那些半死不活的鱼捞上来，从亲戚朋友家借了十来台冰箱，将鱼冷藏起来。

药是何庐下的。他知道村长肯定会怀疑他，因此深更半夜的行动很谨慎，没留下丝毫证据。

何庐乐了，等着看村长怎样处理那一大堆死鱼。

晚上，何庐看见不少人从村长家鬼鬼祟祟地走出来，每人手里提着一串半大不小的鱼。

何庐大惑不解，这种有毒的鱼，居然也有人去买？

何庐偷偷地溜到村长家门口，突然听到一个熟悉的声音，

是他二叔。

只听二叔说:"村长,前年因为宅基地的事儿,咱两家是闹过不愉快,你知道我这人老实,你鱼塘里的药,绝对不是我下的。"

村长不置可否地"嗯"了一声。

接下来,二叔说道:"村长,你给我称几斤鱼吧!这几天正想吃鱼呢……"透过门缝,何庐看见二叔接过村长递过来的鱼,将一张百元大钞放在了桌子上……

何庐惊呆了。黑暗中,他沉思了好久,最后下了决心,向村长家走去。看见村长,他满脸堆起了笑,说:"村长,您卖给我几斤鱼吧……"

第五辑　　五味杂陈

酸甜苦辣,人生至味。甜蜜中的酸涩,苦难中的温暖,世事难全。生命的历程中,姹紫嫣红,五味俱全。

"无名英雄"

暑假时,我去山城看望住在姑姑家的爷爷。爷爷买了只鹦鹉,尽管说不了几句话,可爷爷很宠爱它。我回省城时,爷爷把鹦鹉用笼子装好,再用布蒙住,要我先带回家照看几天,说他过几天再回。

回家的路上,汽车行驶在盘山公路上,旅途的疲惫让人恹恹欲睡。

突然,汽车停了,有三个人站在公路当中,要搭车去省城。司机说车上没座位了,不想拉他们。他们声称可以站着,其中一人还扬言,不让他们乘车,就别想从这经过。司机知道碰到了难缠的主儿,只得忍气吞声让他们上了车。

汽车又走了十几公里,三个人中的高个抽出一把明晃晃的尖刀叫嚷:"各位听好了,兄弟这几天没钱吃饭了,向大家借一些……"另外两个同伙一个是刀疤脸,一个是光头。刀疤脸先向坐在前面的一个大腹便便的中年人走去:"大哥,一看你就是有钱人,别太小气了。"中年人哆哆嗦嗦地摸出钱包递了过去,刀疤脸接了,光头还不满足,一把抢走了中年人攥着的手机。

三个人忙忙活活,收获颇丰,突然,他们在一个姑娘面前停住了。姑娘长得很水灵。光头嘻嘻一笑:"小妞,你长得真好看!"说着伸手往姑娘身上摸去。姑娘把光头的手打掉,尖尖的指甲在光头的手上划出了一道血痕。高个子大怒:"你再动,再动就打死你!"

话音刚落,一个稚嫩的声音响了起来:"坏蛋,打死你,打死你!"歹徒大惊,正找声音的来源,两个青年一跃而起,将他们的尖刀一把夺下,扔出窗外,然后与三人打到了一起。

司机忙将车停下,众人们朝歹徒涌去,合力将他们制服。

车到省城,歹徒被送到公安局,两个年轻人和司机受到表彰。接受采访时,他们说:"我们都是退伍军人,见义勇为,义不容辞。说实话,开始我们也有些犹豫。他们调戏姑娘时,有个孩子喊'坏蛋,打死你',我们才下了决心。孩子都有这么大勇气,我们怎能做缩头乌龟呢?"可是,调查了许久,当时车上并没有孩子,最后也没找出那位无名英雄来。

回家第二天,我玩电脑游戏,当音箱中传出"打死你"的声音时,那只鹦鹉突然跟着叫了起来:"坏蛋,打死你,打死你……"和汽车上的喊声一模一样。

我大吃一惊,往姑妈家打了一个电话,方知那只鹦鹉很喜欢看表弟打电子游戏,还跟着学会了几句话。

想不到这只鹦鹉居然就是那个危难时刻挺身而出的"无名英雄"啊!

局长家的"犬子"

办公室里正议论纷纷,热火朝天,大声谈论着"艳照门"事件,张秘书满头大汗地撞了进来:"快……快……咱新来的牛局长家里出事了……"

"啊,什么事儿啊?"一听局长家出了事,大家都不由自主地紧张起来。

张秘书大声地喘着气,断断续续地说:"我……我也不太清楚,可能是牛局长家有人生病了……我刚才路过局长家门口,看见咱局长夫人正哭着,拦着一辆出租车说是去什么医院……"

"哪家医院?咱得赶紧去探望探望啊!"办公室吴主任官衔最高,反应最快,迫不及待地问道。

"我也不知道。"张秘书实话实说。

吴主任立即拿起电话,把电话打到了牛局长家。

打完电话,吴主任叹一口气,说:"刚才我问了,是牛局长的宝贝儿子贝贝从楼梯上摔下来,摔伤了,现在正在康复医院抢救呢……"

"这么严重啊!"办公室里的人不由得惊呼,纷纷议论怎么去看望,该买什么东西。

还是吴主任临危不乱:"鉴于事情特殊,咱们应该立即行动,现在就出发,去看望牛局长的儿子!"

于是,吴主任带领着张秘书等一行人,开着轿车去各大商场买了几大包营养品,有千年人参,有野生灵芝,又跑到花店花了近千元买了几束名贵的鲜花,这才浩浩荡荡地朝康复医院开去。

一班人赶到医院,敲开病房的门,只见局长太太正坐着垂泪,眼圈都哭肿了,却不见贝贝的影子。

吴主任觉得事情有些不妙,面色凝重地走上前去,轻声问道:"嫂子,现在……现在贝贝的情况怎么样?"

牛太太抬起头望望大家,有气无力地说:"情况不太好,医生这会儿正在抢救呢。医生说,即使抢救过来,说不定也会落下残疾……我,我可怜的贝贝啊……"

大家都倒吸了一口冷气,纷纷安慰:嫂子,您别着急……不会有事的,我们再想想办法……

吴主任给大家使了个眼色,张秘书他们默默地把买来的营养品、鲜花放到了桌子上。

这时,一个护士走过来说:"你家贝贝手术已经做完了,我给你抱来了……"

大家伙儿立即一窝蜂地围了上来,吴主任一马当先,掀开护士手里的小毛毯,只见一只带着血迹的白色狮子狗正安稳地卧在护士怀里……

曲线征婚

眼看都是"奔四"的人了，还是光棍儿一条，真闹心。自从四年前女朋友嫁给了有钱人之后，我就一直忙碌着，要么是正在相亲，要么是正走在相亲的路上，可是高不成低不就，见面的女孩儿足足有一火车车厢了，就没碰到合适的人儿。

刚开始，亲朋好友还都热心为我张罗介绍对象，眼睁睁看着那么多女孩儿全都和我擦肩而过，大家都不约而同地怀疑我是不是有什么生理问题，或者是心理问题，现在连介绍人都没有了……

表面上我镇定自若，谈笑风生，可心里着急啊。眼看着比我小三五岁的人都成了家，小孩子都开始抱着腿喊爸爸了，而我的情感生活却毫无进展，父母恨不得到大街上拉一个女孩儿给我做媳妇，你说我能不心慌吗？

一天晚上，好朋友阿威对我说："彭老弟，你也老大不小了，该考虑找个对象成个家了！"

到了这会儿，我哪还敢硬撑，只好连连称是，还说："我现在这状况你也了解，连个人给介绍都没了，去哪儿找啊？"

阿威倒不着急，说："我给你想个法儿，美女们肯定会主动和你联系的！"

"兄弟,你该不会是要给我登征婚启事吧?我可不喜欢骗人那一套,什么有房有车有海外关系的……"我问。

"征婚启事?那都是十八世纪的招儿了,亏你还想得出来。"阿威一脸鄙夷,接着大手一挥,说:"兄弟,你就放心吧,我保证一不骗人,二不花钱,让美女主动来找你!"

我将信将疑的,也不好再追问。

没想到两三天后,和我联系的陌生女孩儿果然多起来,有些人甚至还通过彩信给我发来靓照,纷纷要求和我交朋友。一时间,我心花怒放,又有些惴惴不安,赶忙打电话问阿威是怎么回事。阿威说:"你上网看看吧,我给你发过去一个网址……"

我迫不及待地打开网络,把阿威给的网址输了进去,不由得吃了一惊,竟是一条寻狗启事:"现年35岁的彭先生,和女友分手后,因单身无聊饲养了一条名贵京巴犬,想不到京巴竟于三天前走失,如有收留者,请与彭先生联系,付酬10万元!"接下来,是我家半年前死掉的京巴狗的照片,还有我的联系方式。

一条寻狗启事,竟然引来一大群美女,我一时无语……

当了回"残疾人"

赵大福听说邻居赵晓禄从南方打工回来了,就抱着两岁的女儿去凑热闹。赵大福心想:"这赵晓禄,就剩下一条腿,还非得往大城市跑,大城市的钱就是好挣啊!……"

想归想,赵大福心底还是有点儿期盼,希望赵晓禄能挣回一笔钱,要是那样的话,他明年就能跟上赵晓禄,到大城市挣钱去。他不想带我也得带,谁让我们是好哥们呢……赵大福边走边想。

见赵晓禄谈笑风声,赵大福意识到,这小子今年的收成不错。他见人多嘴杂,也就没有多问,简单问候几句,就说:"晓禄兄弟,晚上到我家喝两杯吧,哥给你接接风……"

赵晓禄却说:"大福哥,还是我请你吧,一会儿让你弟妹炒几个菜,晚上七点,你准时过来……"赵大福没有坚持,就应承了下来。

晚上喝酒间,赵大福终于从赵晓禄口中掏出了真话,这小子,一年竟然挣了三四万。原来,赵晓禄是残疾人,他就在城里买了一辆老年代步车,等晚上交警下班后再出来拉客,每天干到凌晨,虽然辛苦了点儿,一天也能挣上百十块钱。

赵大福一听这话,当即要求晓禄过年后也带他一起去。

赵晓禄犯难了:"你是健全人,没残疾人证,开不成老年车啊……"

这个赵大福倒不愁,他有个表哥在民政局工作,好说歹说,终于想办法办了个残疾人证。

年后,赵大福随着赵晓禄一起,到了南方的大城市。赵晓禄说的没错,每晚拉客七八个小时,赵大福还真是挣了百十块钱。

然而,由于赵大福是健全人,开老年代步车常常遭遇"骚扰",好几次碰到穿制服的人上来检查,赵大福就装成瘸子,一拐一拐的,居然都蒙混过关了。

每次成功后,赵大福都会感慨一番,我一个健健康康的大活人,干吗要装残疾呢?可一想起家里生病的老娘,想起嗷嗷待哺的孩子,他只能叹一口气,就当回残疾人吧……

这天已经很晚了,赵大福好不容易才拉上一个客人,正加大马力朝目的地赶去,突然,一辆轿车在他的代步车前停了下来,堵住了他的去路,走下两个穿制服的人。赵大福心底一惊。

"你怎么能开老年代步车?"

"我是残疾人,我腿脚不好。"

另一个穿制服的恼了,一脚踹上来,骂了句:"妈的,你们这些冒牌货,我见得多了!"

这一脚正踢中赵大福的小腿,他疼得忘了自己残疾人的身份,猛地一下跳了起来。

两人笑了,其中一个说:"怎么样?就知道他是装的!"不由分说,围着赵大福就是一阵拳打脚踢。

赵大福一边嗷嗷直叫,一边从口袋里掏出两张百元大钞塞过去。

两个人扔了句"这次饶了你",跳上车扬长而去。

赵大福的腿流血了,骨头钻心地疼,但他还是忍着痛把客人送到了目的地。

赵大福舍不得花钱去大医院看病,就在小诊所买了点止痛膏给自己敷上,躺在租住的小屋里歇了两个星期。

半个月后,赵大福终于能下地了,却发现自己的两条腿不一样长了,他有些欣喜:"这下,我真的成了残疾人,能名正言顺地开代步车了。"一种悲凉涌上心头……

羡　慕

赵小甲和钱小乙是"发小儿",从穿开裆裤时就熟识,而实际上,两人却又是不折不扣的对手——因为,周围的人总是不自觉地将两人作比。

赵小甲爱动,喜欢折腾,五六岁起就咋咋呼呼的,钓鱼,掏鸟,逮野兔,领着一群小孩子见天疯玩儿,是个小小孩子王。钱小乙则好静,就喜欢待在家里,翻翻书,描描画,拾掇拾掇花花草草。

当时的大人们都很喜欢小乙,嫌弃小甲,连他的父母也一样,常常训斥自家孩子,颇有点恨铁不成钢:"你看看人家小乙,多懂事,多让大人省心!谁像你这样,三天不打,上房揭瓦……"

可孩子们都喜欢跟着小甲玩儿,嫌小乙太闷,天天一个人憋在屋子里,跟个大姑娘似的,没劲,没意思。

小甲和小乙却没有因为周围的人生分,仍然是要好的朋友,时不时地在一起玩闹,聊天。

日子就这样平淡地过着,孩子们渐渐长大了。

高中毕业后,小乙考上了北京的一所名校,读了本科又读硕士、博士,最后留校任教,成为大学老师,在众人羡慕的目光中，享受着安静的校园生活。小甲则没有悬念地名落孙山，自己倒也释然，后来跟着一个表叔进了省城打工。进城后的小甲非常活跃，先是帮人修汽，后来自己倒腾廉价服装，再后来与朋友合开了家租车公司，最后，居然走出国门，去了非洲，在一个偏僻的小国混了几年。有人羡慕他经历丰富，生活多彩，见过大世面；也有人说风凉话，说他整日折腾，一事无成，还不如老老实实地找份工作，娶个媳妇，养家糊口，孝敬老人。

又过了几年，钱小乙依然如故，赵小甲却不知道从什么时候开始发达起来，在省城买了别墅，开了豪车，娶了一个比他小十多岁的年轻老婆，还是某名校毕业，模特出身。富了之后的赵小甲出手大方，为家乡办了不少好事，乡亲们都赞他有本事，没忘本。而每每看到钱小乙提着大包小包风尘仆仆地回来时，都不免有点惋惜："唉，这么大的学问，却挣不了多少钱，学问再多又有什么用呢？……"

日月如梭，转眼间，两人都老了。赵小甲由于几年前的一次投资失利，几乎全都赔进去了，好在还有点固定资产，足以养老。钱小乙谢绝了诸多返聘邀请，又回到了老家，继续过着读书、画画，伺弄花草的生活。

这天傍晚，两人在河堤上偶遇，坐下来聊天。叙谈一番之后，两人都沉默了，过了好大一会儿，两人几乎异口同声地说：

"其实，我挺羡慕你的。"

绝妙点子

今年开始,我和几个朋友一起开了家"点子公司"。平时,我们眼观六路,耳听八方,注意打听各种消息,总算做成十几单小生意。渐渐地,公司也有点小名气了。

这天,我和几个兄弟正在替一个小公司研究成名的点子,突然看见一辆锃亮的轿车在门口停下,司机走下来,很有气派地说他们老总要找负责人,有要事相商。

我们几个人顿时眼睛一亮:看来这一次能逮个大单!

司机把我领入饭店包房,里面坐着一个气宇轩昂的中年人。我定睛一看:哎哟,这不是嘉美公司的朱总吗?

朱总关上门,长吁短叹了半天,我才明白,原来是他们公司今年经营不善,亏了不少钱,眼前很多客户都堵在公司门口讨债。公司拿不出钱来,又不能把目前的困境告诉那些讨债人,那样的话,以后的生意就没得做了。

"实在没办法,只好偷偷找你们想想辙。"朱总满脸急切的神色,言之凿凿,"只要事情能办成,我们一定不会亏待你们,能想出好的办法,立即给你们5万元的报酬⋯⋯"

说完,朱总拉开皮包,拿出一沓钱来:"这是3000块,算是预付款,你们一定要保密⋯⋯"

回到公司，我们几个人加班加点地研究嘉美公司的资料。第二天，我们终于想到了一个绝好的点子：假装被盗！以失窃为由，赢得商户同情，掩饰自身的经济困境。

听了我们的点子，朱总拍案叫绝，立即给我们写下了4万元的欠条。次日便传来了嘉美公司被盗的消息。我们电话回访了朱总，得知那些商户都很同情他们，都没有苦苦相逼，而且表示会继续和他们合作。

半个月后，嘉美公司基本上风平浪静。我带上朱总的欠条，来到他的办公室，说："朱总，你好，我是点子公司的，你们欠的4万元的点子费，该给我们了吧？"

谁知朱总耸耸肩，一脸苦笑地说："实在对不起，我们今年生意很好，可是前一段时间公司被盗了，损失很大，您一定也听说了……"

策划高手

这是一个需要策划的时代，挣钱需要策划，泡妞需要策划，出名需要策划，让一对和睦的夫妻闹离婚更需要策划。

作为一名策划高手，上面那段话是我的名言。自称策划高手是有凭有据的，我领导的策划公司曾经帮十多家即将破产的公司起死回生。

这天，我刚到办公室，就有两个西装革履的年轻人走进来，向我说明来意。原来，本市最大的商场古德斯公司陷入困境，他们老总想请我帮忙策划策划，好迈过这个坎儿。

一听是大生意，我精神一振，全身神经都兴奋起来。要知道，这古德斯资产过百亿，若能帮他们渡过难关，那好处费可想而知。在两位年轻人的指引下，我到了总经理马总的办公室。

"张先生在业界大名鼎鼎，有过不少成功案例。不瞒您说，我们公司现在亏损非常严重，但这是绝密，公司也只有两三个人知道。下周有十多个大客户来收货款，假如我们还他们钱的话，整个公司就被掏空了；要是不还钱的话，则信誉扫地，合作将不复存在，所以，想请您出个主意……"寒暄之后，马总开门见山地谈起正事来。

听马总这么一说，我心里有了底，嘴上却说："马总，这还真是件挺棘手的事儿，要不这样吧，您先容我回去好好思量一下，一定给您一个满意的方案。"

马总紧紧抓住我的手："张兄，拜托拜托。"然后，从抽屉里拿出五沓百元钞票，递给我说，"这是五万元，算是定金，事情若能妥善解决，我再给您这个数目的十倍！"

这回我亲自出马，用了整整一夜时间，帮古德斯策划了一整套应对方案——对外散布公司财务人员携款出逃信息，实际上安排其躲起来，一面报案让公安机关缉拿，一面借此拖延还款时间，同时想方设法筹款，利用争取到的时间努力翻盘……

我的方案得到马总的充分肯定，他紧抓我的手，激动地说："张先生，您真是有才啊！是您救了我，我这辈子都不会忘了您……"

策划大获成功。

谁知，就在我要去要钱时，两名警察找上门来，出示了拘捕证，告诉我说古德斯公司的马总携带刚筹到的近亿元公款出逃到国外，他们怀疑我是帮凶，因为监控录像显示，我曾经收受马总五万元……

我把自己知道的一切都告诉了警察，可是没人相信我，还是被拘留起来。看守所里，我听一位难友说，古德斯公司的马总也曾经是一名顶尖级的策划高手……

鬼 影

钱大儒是因为一次小小的意外才回家的。他驾驶的那辆长途货车半路抛锚,一时半会儿也修不好。副驾驶就说,钱哥,这里离你家也就十来里地,你回家过夜吧,跟嫂子好好亲热亲热。

钱大儒也没客气,打了一辆出租车,就往家奔去。

快到家时,听到动物园里梅花鹿的叫声,钱大儒感到格外亲切,一方面是因为他家就在这动物园的隔壁,另一方面还因为这像极了老婆小茜激情时呻吟的声音。

想着小茜柔软的身体,钱大儒忍不住拨通了她的电话,想告诉她自己已经到了家门口。然而,电话一直无人接听。

钱大儒略略有点儿遗憾,等他发现自家的房门半开半闭时,心里不由得嘀咕起来,这小茜也真是的,都晚上九点多了,还不把门关上。

钱大儒走进房间,听见浴室里哗啦哗啦地响着。"小茜,我回来了!"他正想着老婆的丰乳肥臀,禁不住大叫了一声。

"哎哟,你怎么回来了……"钱大儒听见小茜急切的回应。

就在这时,钱大儒听见房门口有动静。

是谁?钱大儒心底猛地一沉,转身去看时,只见一个细瘦的身影一晃而过，从屋里窜了出去。他急忙追出门去，发现那黑影一蹦一跳的，一眨眼的工夫便不见了踪影……

再次回到屋里时，小茜已经洗浴完毕，满面潮红。钱大儒顾不上欣赏，大吼一声："朱小茜，你给我老实交代，刚才逃跑的那男人是谁？"

小茜一头雾水，说："什么男人啊？家里就我一个啊……"

"你还死不承认！我亲眼看见他从咱家跑了出去……"钱大儒厉声骂道。

"钱大儒，你就端着屎盆子朝自己头上扣吧！你在外边有了相好的，回来就找我麻烦是不是……"小茜也气不过，猛烈回击。

钱大儒气急了，猛一下跳了过去，一巴掌扇到了小茜的脸上，骂道："你这臭不要脸的，叫你不要脸！"一边骂着，一边用硕大的拳头向小茜身上雨点般地打去。

朱小茜好半天才回过神来，一把抓住钱大儒的手，不顾一切地用牙咬去，只听到"啊！"一声惨叫，血流如注，殷红的血涌出来，溅了一地……

打累了，骂够了，钱大儒说："跟你这种水性杨花的女人过着没意思，明天就离婚！"

"离就离，谁不离谁是龟孙！"小茜也毫不示弱。

第二天，两人满身伤痕、满眼血丝，到民政局办了离婚手续。按照协议，房屋归朱小茜所有，共有财产三十万元归钱大儒。

回到家，两人谁也不理谁，钱大儒自顾自地收拾着自己的东西。这时，房门笃笃笃响了起来，小茜打开门来，见是两个面熟却叫不上姓名的人。

两人一脸的惭愧样,其中一个说:"我们是动物园的工作人员。真是不好意思,昨天我们动物园出了点儿意外,晚上九点左右,一个猴子从铁笼里逃了出来,小区监控录像显示,九点半到九点四十分这一段时间,它钻进了位于一楼的你们家,要是给你们带来损失的话,我们愿意双倍赔偿……"

扫 雪

一场纷纷扬扬的大雪下了整整一夜。清晨，雪停了，天地上下一片白茫茫，空气也变得干净清新起来。微风吹过，远远近近地拂起晶莹的雪，如同天女散花一般，分外缥缈，格外美丽。

吴德秉夜里睡得特别踏实。他出生的那天也是一个大雪纷飞的日子，因此对下雪天有着特别的好感。夜里，他做了一个甜美的梦，梦见自己还是一个孩子，在和伙伴们一起滚雪球，堆雪人，打雪仗，他们笑着、跳着，稚嫩的笑声回荡在苍茫的大地上……

要是能扫扫雪也好啊……他想着，心底一动，对！赶紧去单位，把办公楼前那片空地上的雪给扫扫去。

他收拾停当，走出门，简单地吃了点儿早点，然后给司机小赵打了个电话："小赵啊，今天下雪了，我起得早，想散散步，步行去上班，你就不用来接我了，也就不到十分钟的路程，你一会儿直接开车去单位就成了！"

小赵唯唯诺诺地："吴市长，这样不合适吧……"他没敢多问，心里却忐忑不安，是不是我做错了什么？

吴秉德到单位的时候，还没有几个人，他直接到办公室找来一把铁锨，一把扫帚，就开始忙碌起来。

好久不干体力活了，在这么好的天气里，能活动活动真舒服啊！

扫了一会儿，全身上下就热起来，心情也格外畅快。他正忙活着，办公室主任慌里慌张地跑过来，气喘吁吁地说："吴市长，让我和办公室里的人清理吧，您老休息会儿吧？这都该是我们的活儿，我这个主任失职了……事先没有考虑周全……"

吴秉德觉得有些扫兴，不得不向他解释。办公室主任半信半疑的，但也不好意思再坚持下去。吴德秉接着忙活，突然听见身边有人啪啪啪啪按快门，转头看去，是宣传部副部长，一边拍照还一边对着他微笑着说："难得的雪景，给吴市长您留个影……"

"别拍了，别拍了……"吴德秉有些懊恼，但也不好发作，不就是扫个雪嘛，用得着这么兴师动众吗？他回到办公室，刚刚坐定，想看一看需要签发的公文，日报记者在办公室主任的引领下走了过来。

"吴市长您好，我想采访下您率先垂范早早起来扫雪的事情……"看见记者一副正经八百的模样，吴德秉开始后悔了。

好容易打发走记者，才坐定，却意外地接到老母亲的电话："娃啊，你三舅上班的时候，听说你堂堂一个市长竟然去扫雪……娃啊，你是不是犯了什么错误啦……"给絮絮叨叨的母亲解释完毕，吴德秉长叹一声："我就想安安静静地扫会儿雪，咋就会这么难呢……"

我赢领导一盘棋

老爸一心想着家里出个吃皇粮的人。这不，我大学刚刚毕业，他就求爷爷告奶奶地活动开了，拿着辛辛苦苦挣来的人民币大把大把地往外砸，请客、送礼、拉关系、走路子，你别说，老爸的公关能力还不错，真把我弄进了市教育局。

到教育局上班的第二个星期，恰好局里举办象棋大赛，第一名奖品竟是笔记本电脑。比赛那天，我发现一个身宽体胖的男子一路遥遥领先，可他的棋艺并不出色。这男子一路过关斩将，不大一会儿工夫，就胜了十来个人。

这时，主持人站起来，说："廉正京同志连续战胜了十二名对手，现在暂列第一位，还有没有人向该同志挑战，要是没有的话，咱这一等奖就归他了……"

一想到笔记本电脑，我兴奋起来，连忙说："我想参赛！"

胖男子一脸微笑，说："好啊，我奉陪到底！"我不由得有些轻蔑，要知道，大学时我可是打遍天下无敌手啊。

我和胖男子正式开战。不到五招，我就把胖男子逼得只有招架之功，没有还手之力。十招之后，胖男子渐渐撑不住，只好缴械投降。我欢呼雀跃，可周围的人却一脸的严肃，有些人脸上似乎还有幸灾乐祸的神色。

胖男子似乎并不气馁，微笑着拍拍我肩膀，说了不少赞扬和鼓励的话。

我抱着笔记本回到家，见老爸一脸铁青，一看见我就骂道："兔崽子，就你逞能不是？连局长你都敢赢，我看你脑子真是进水了……"

一听我赢的那人是局长，我不由得也惊出了一身冷汗，后悔莫及，急得眼泪都快出来了。恰好好朋友小诸葛给我打来电话，我赶忙向他求救。小诸葛拉长声调说："福兮祸之所伏，祸兮福之所倚，虽是坏事，又未尝不是一件好事……"

"你就别拽文了！"我心急如焚，连忙打断他。

小诸葛真不愧是小诸葛，还真想到了一个对策："小子，你不是文笔很好吗，就这事儿写篇文章，颂扬领导的求真务实，平易近人，我表姐在日报副刊当编辑，保证给你发出来……"

于是，我就用生花妙笔，把那天和领导下棋的事情写了出来，特别在结尾写道："廉局长没有因为输棋有丝毫的不高兴，而是热情洋溢地称赞了我，并说自己喜欢真实的棋艺。下棋虽然是一件小事，但从这小事身上，我看到了廉局长杜绝虚伪、追求真实的作风……"

文章发表后，廉局长再次赞扬了我，说我善于发现细节，善于抓住问题的实质。

半年后，由于科长退休，我被破格任命为文秘科的科长。

谁说跟领导下棋只准输不能赢？

  拯 救

那时，天色已经渐渐黯淡下来。下了长途汽车，我一边慌不择路地走着，一边还在心底暗暗懊悔：当初，自己不那么冲动就好了……

我不知道自己该往哪里去，不知不觉走出小镇已很远。远山在暮色中显得有些沉重，有些悲凉，恰如我此时的心情。

我打量着大山，心想：自己会不会就此找个山洞蛰伏下去？就在这时，一阵微弱的呻吟声随风飘入耳。我心里一惊，不由自主地向着声音的来处走去。

那是一个小女孩，衣着破旧，但还算干净，双手捂着流血的小腿，满脸惊惧，让人心疼。见到我，小女孩脸上闪出一丝惊喜，慌忙喊道："叔叔，快救救我，我……我从树上摔了下来，您……您送我回家吧？"

我正想伸出手去，抱她去医院，心头突然一阵酸楚：我现在连自己都难以自保，拿什么去帮助别人？况且，时下人心不古，孩子的家人会不会因此赖上我呢？

想到这里，我毅然转身，打算离开。小女孩却又惊喜地叫了一声："啊，您是解放军叔叔！解放军叔叔，老师说，解放军都是好人，您……您一定会救我的，是吧？"

我看了看身上破旧的迷彩服，不由苦笑，这孩子，居然误将我认成军人了。军人，军人……我的心挣扎着，尽管我不是军人，但我知道，在孩子们心中，军人是占据着怎样的位置，我怎么能因为自己的自私破坏军人的形象，眼睁睁地以军人的身份漠视一个受伤孩子的需求呢？想到这里，我不再犹豫，抱起孩子，飞快地向镇医院跑去……

做罢紧急处理，医生埋怨我："怎么来这么晚？要是再晚来半个小时，这孩子的腿说不定就废了……"

小女孩这时迷迷糊糊地说："解放军叔叔是好人，是他……是他救了我，你们别怪他……"

我没有说话，心却在流血：孩子，你认错人了。我不是解放军叔叔，也不是好人。就在今天，我因为一件小事打死了一个人。那人身高马大，经常仗着一身蛮力欺负我。我实在受不了他的凌辱，就和他撕打起来。他把我压在身下，用拳头使劲儿捶我的脑袋。我不知从哪里抓到一块砖头，不知轻重地砸到了他的头上……

从医院出来，我走进了镇派出所。警察听说我犯了命案，立即上报。打完电话，民警告诉我："被你拍砖的那个年轻人没死，只是受了轻伤。他报了警，承认是他先骂你的，而且是他动手在先。幸好你来自首了，若一直逃下去，那罪就大多了……"

一听这话，我双腿一软，瘫在地上。

第二天，那孩子的家长一路打听，居然追到了派出所，要感谢我的救命之恩。

面对这对感激涕零的夫妇，我在心底默默地说：你们别谢我，我应该感谢你家孩子才对，是她救了我……

哥们儿

欧阳德是朋友圈里出了名的活宝,喜欢开玩笑,喜欢恶作剧,拿自己开涮,也拿别人开涮。

一天,他接到一笔大订单,老板重重地奖赏了他。欧阳德很开心,专程拐去一家僻静的玩具店,给10岁的儿子买了把玩具手枪。枪做得很逼真,儿子肯定会非常喜欢。想象着儿子欢呼雀跃的样子,他的脸上不由地笑开了花。

欧阳德快步地走着,突然发现前面不远处有一个熟悉的身影,光头,矮胖身材,走路稍微有点踮脚,穿着花格子衬衣。借着昏暗的路灯,他认出那人正是自己的好哥们儿上官道。

正要上前打招呼,他忽然脑子一转,手里正好有把枪,何不逗逗这家伙?谁让他上次捉弄我来着,真是天助我也。这样想着,欧阳德攥着那把玩具手枪,踮着脚尖一阵小跑,悄无声息地来到上官道身后,以迅雷不及掩耳之势伸出右手,卡住了上官道的脖子,与此同时,玩具枪生硬地抵在了上官道的腰上。

"不许动!不许喊!否则,我要了你的命!"欧阳德压低嗓音,变了腔调,恶狠狠地喝道。

上官道被吓蒙了,哆嗦得如同风里的树叶,一时间不知所措。

"把钱交出来,饶你不死!"欧阳德强压住笑,继续吼道。

上官道这才反应过来,低声哀求道:"大哥,我给您钱,您……您别杀我……"一边说着,一边把一个鼓鼓的钱包递了过来。

欧阳德接过钱包,顺便往上官道脸上瞅了一眼,这一看把他吓傻了,哪是什么上官道,分明是一个陌生人啊!

就在欧阳德愣怔的工夫,那人猛地一蹿,飞也似的跑了。欧阳德又惊又怕,不知道该如何收场。接连几天,他的心都忐忑不安。

就这样过了七八天,风平浪静。欧阳德暗中松了口气,偷偷打开那个钱包,一数,竟然近万元。以后的几个月里,欧阳德潇洒得很,花天酒地,一掷千金。

钱很快就花完了,欧阳德心里不禁又有点蠢蠢欲动,几番斗争之后,终于,在一个漆黑的夜晚,他又拿起那把枪……

在以后的一次抢劫中,欧阳德被抓,锒铛入狱。

一天上午,有人探视,欧阳德定睛看时,竟是上官道,不禁涕泪俱下:

"哥们儿,是你害了我啊!……"

"分居"

老朱这辈子没什么大本事，也从来不喜欢赶什么时髦，可老了老了，他居然又时髦了一把，本来跟老伴两人感情好好的，连红脸拌嘴都极少有过，竟然分了居……

其实，这分居并非老朱所愿，也不是他老伴所愿，而是形势所迫。这老朱一大家子的境况，可以说"形势既喜人又逼人"。

大儿子头脑很灵活，家里的田地舍不得丢，又在县城做起建材生意，在城里安了个家，村里也有自己的房子，房里还有不少贵重家具，几万斤粮食。为了帮大儿子看家，老朱老两口只好搬到老大家住下。

二儿子也不笨，不顾老朱的阻挠，两年前承包了村里的废鱼塘，租来挖土机把鱼塘挖深，又好好整饬一番，养起了鲶鱼和黄鳝，第一年就赚了五六万。你别说，这老二还真有眼光。

一到了鱼肥季节，小两口只得在鱼塘边搭个窝棚，又牵来家里的两条大狼狗，在鱼塘边看守着，以防别人偷鱼。

这样一来，老二家的屋里也没了大人。二儿子找到老朱，说："爹，你跟俺娘得去个人帮俺看家，我们得去守着鱼塘！"

老朱知道儿子们创业不容易，只好答应。就这样，老朱和老伴分居了，搬到了老二家去住。这老两口一张床上都睡了四十多年了,乍一分开老朱还真是不适应,躺在宽大的床上,翻来覆去睡不着。

第二天天亮,老朱去看老伴,才知道老伴也是一夜没睡好。老朱想把这事儿跟儿子说说,又觉得挺难为情,都六七十岁的人了,住不住一起又能怎样……

第二天夜里,老朱还是睡不着,看看快12点了,决定去找老伴,来个暗度陈仓,明天早点儿起床回老二家。

谁知老朱穿好衣服,刚拉开房门,发现老伴正在门口站着,原来老伴也睡不着,只好找上门来。就这样,老两口在二儿子家住了一夜。

事有凑巧,就在那夜凌晨时分,老大从外地进货路过村子,想进家看看爹娘,却发现爹娘都不在家。他急急忙忙地跑到老二家,才发现双亲都在那里,先是松了一口气,接着语气里就有了一些不满和抱怨。老朱两口脸红红的,讪讪的,像做错事的孩子……

接下来这天夜里,老朱依然睡不着,见8岁的孙女小珍睡得稳稳的,便"主动出击",找到大儿子家,跟老伴一起偎依着躺下。

谁知两人还没入睡,二儿媳就咚咚咚擂起门来,老朱两口子吓坏了,生怕再出什么乱子,赶忙打开门,只见二儿媳领着8岁的女儿小珍一脸怒气地站在门外,大声喊着:"让你们帮着看看家就恁难?你们光顾着自己快活,小珍起来解手找不到大人,吓得哇哇直哭……"

老朱老两口这次真的是无地自容了,恨不得找个地缝立即钻进去……

# 身 价

我一直干着贩卖小猫小狗小兔的小生意。作为一个小人物，我却有着非比寻常的大梦想，梦想自己有一天能成为比尔·盖茨，成为股神巴菲特，或者成为别的非常牛非常有钱的角色……

我时常认为自己只是暂时隐在宠物市场，以待天时。

表弟的出现成了我梦想的助推剂。了解我的想法后，这位即将毕业的广告策划专业的大学生立即对我"洗脑"："想发财，想赚钱，条条大路通罗马，就比如说一只猫儿，别人能卖二十块，到你手里能卖一百块，这样一年下来，你离百万富翁的距离基本上就近在咫尺了……"

我哑然失笑，说："同样一只猫，凭什么别人卖二十，你卖一百，买猫的人可不都是傻子……"

表弟也笑了，说："正因为他们不是傻子，我才敢卖一百块，要不咱们试试看……"

说干就干。只见表弟从书包里拿出相机，对着一只价值二十元左右、长得很个性的猫啪啪啪拍了几张照片，随即输入电脑，并随手起草了一则《寻猫启事》：

我家猫咪朗朗,在随保姆外出购物时从轿车跳出走失,由于猫咪与家中老母亲朝夕相伴,老人十分喜爱猫咪,现因思念猫咪茶饭不思。为抚慰老人相思之心,特悬赏寻猫。凡提供有用线索者,给予1000元奖励;如将走失的猫咪送回,当面奉上酬金5000元。联系电话:135……

看过表弟的策划,我心底开始佩服他了,可嘴上仍硬着:"就这玩意儿,能好使吗?再说了,你还留下自己电话,不怕别人到时找你麻烦啊?"

表弟轻松一笑,说:"你就放心吧。"

表弟将《寻猫启事》打印出几十份,在宠物市场附近贴好,对我说:"那只猫,你明天再去卖,价钱一百块,少一分也别卖。"

按照表弟的指点,第二天一早,我就到了市场,不到半个小时,那只原价只值二十元的猫儿,就被顾客一百元买走了。

中午时分,我和表弟一起吃饭,庆祝这个小小的胜利。吃得正起劲时,表弟电话响了,只听电话那端一个急切的声音在问:"是贾先生吗?您要寻找的猫在我这里,我下午给您送去吧……"

我的心一下子提了上来,谁知表弟诡秘一笑,说:"先生,谢谢您,不过啊,我家的猫咪今天上午就已经找到了!"

只听得那端很惊愕很失望地"啊"了一声,表弟旋即挂断了电话。我俩击掌大笑。

晚饭时分,回东北老家的妻子回来了。万万没有想到的是,她的手里正提着上午我一百块钱卖出的那只猫儿。妻子自顾自喜出望外地说:"今天真是碰到好事了,我花五百块钱买的这只猫，等会儿就能变成五万元了，你们看，别人贴的《寻猫启事》我都给揭回来了。"

展现在我们面前的，正是表弟打印的那份《寻猫启事》，只不过，在5000的后面添上了一个很像打印出的"0"……

胖妹的浪漫

胖妹虽说长得太胖了一些,但是其他方面的条件都相当不错,家境殷实,自己又多才多艺,性情温柔而开朗,为人善良而热情。据朋友记载,某年月日,胖妹为失学儿童捐款200元;某年月日,胖妹给了乞丐10元钱;某年月日,胖妹把一个迷路的老年人送回家……

尽管胖妹经常积德行善,可是上苍并没有因此就垂青于她,让胖妹一直烦心的婚姻大事还在一直烦扰着她。不是别人嫌胖妹太胖,就是胖妹嫌别人不够高,不够有男人味,不够有风度……

胖妹屡战屡败,屡败屡战,许许多多次回合下来,表面上虽然不慌不忙,心里却越来越虚。最近的一次相亲,她就不由自主地放低了标准。那男人个子很低,家里也穷,不会幽默又偏偏装作幽默的样子。尽管这般,胖妹还是咬牙忍受了半个月,直到那天,这男人又抱怨胖妹比他大了3岁。胖妹说:"人都说,女大三,抱金砖,正是好兆头呢……"

可那男人却不以为然,扔出来一句阴阳怪气的话:"你要是比我大6岁,我还抱两块金砖呢!"一句话伤了胖妹自尊,一怒之下和他拜拜了。

这几天，胖妹又相了一次亲。这次感觉还不错，那男人样样都不错，就是有些小气。那天晚上，他们散步到很晚，又走得很累，想坐公交车回家时才发现末班车早就开走了。胖妹想让那男人打车送她回去，可暗示多次，那男人一直无动于衷，结果，胖妹回到家时，脚都疼得不能穿鞋……

胖妹有些遗憾，但碍于年龄，不能再挑下去了，就继续和那男人交往下去。

这天，那男人骑着刚买的自行车，约胖妹一起去看电影，回来的时候天已经黑了。在一个公路拐角处转弯时，车子撞上了一块黑色的石头，两人从车上重重地摔下来，胖妹只觉得脚脖子锥心一样的疼，那男子也摔得不轻。

胖妹什么也没抱怨，忍着痛爬起来。那男子却一副痛心疾首的样子，紧紧地抓住了胖妹的手，哀叹道："唉，我真笨，我怎么就这么冒失呢？就没看到那黑色的石头呢？……心疼死我了，心疼死我了……"

胖妹心底一阵温暖，这样好的男人去哪里找啊！真是感人，真是难得啊！

于是，胖妹忍不住动情地说："不怪你，你也别难过了，幸好没出什么大问题……"

谁知那男人却大声说道："怎么没出大问题？这么好的一辆自行车，就这样报废了，多心疼啊！……"

搬　家

孟师轲是在万众瞩目之下登上厅长之位的。

在孟师轲之前，已经有五任厅长从这个位高权重的位子上跌下来，一个个跌得体无完肤。每年，有数千亿的资金需要厅长的签字和调配，只消一点点的贪念，从云端跌落深渊，极其平常。

孟师轲上任了，厅里按照规定为他分配了住房。住房虽然称不上豪华，但是宽敞明亮，窗外绿草如茵，阳光温暖普照。

然而，孟厅长搬进这套房子不到一个月就匆匆搬走了。具体搬到了什么地方，厅里的人都不知道。有人委婉地问起这件事儿，孟师轲解释得很随意，说："我家老母亲说住不惯这房子，非得闹着要搬家。母亲都七八十岁了，性格很执拗，我也只能由着她……"

孟厅长搬家的事儿传开后，人们议论纷纷。有人说，孟厅长自己早购买有别墅，才不愿意在厅里家属院住呢。有人说，孟厅长住进了某投资商提供的房子。也有人说，孟厅长在很远的郊区居住，有自己的小院……

不到半年，又出了一件轰动全厅的事儿。省纪委接到举报信，说孟厅长利用职务之便，贪污受贿，自行购买豪华别墅一套……

省纪委调查组来厅里取证，并找孟师轲及厅里的一些干部谈话。厅里上下议论纷纷，孟师轲却一脸坦然。调查的结果是，孟师轲没有任何违法违纪行为，举报不实。

然而，还是有人不相信孟厅长真有传说中的那么清廉。孟师轲的高中同学老曾就是这样的一位。老曾和孟师轲读高中时都是学校里数一数二的尖子生，大学毕业后，两人一个从商，一个从政，都做得风生水起，名震一方。

老曾想方设法找到了孟师轲的住所，在一个周日的午后，敲响了孟厅长家的门。

孟师轲没料到有人竟然能找到自己极为隐秘的家，既然老同学找上门，只好笑脸相迎。老曾打量一番老同学的家，发现非常普通，非常简朴，就打趣说："老同学真是一个另类啊……"

寒暄了好一会儿，老曾才切入正题，说："孟厅长，你们厅里即将招标的那个工程，给我吧？"

孟师轲愣了一下，说："这个……你参加投标吧，到时厅里专家共同决定……"

老曾笑了一下，从口袋里摸出一张银行卡，压在茶杯下，说："这一百万是点儿小小意思，事成之后，定有重谢！"

孟师轲脸色一沉，说："老同学，你知道我为什么住在这儿吗？你请看……"说毕，他猛地将窗帘一拉，窗外的景色尽收眼底。原来，窗外不是湖光山色，不是花红柳绿，而是一所监狱，戒备森严，电网罗织，几个士兵正端着枪来回巡逻，时不时地还能传来犯人的口号声……

老曾满面羞愧。

孟师轲沉痛地说:"老同学,说实话,我曾经也动过贪念。就在咱们老家那个县刚当上副局长那一年,我曾收了别人几千块钱,正好被我母亲发现。几天后,母亲就逼着我把钱退了,而且搬了家,搬到了县监狱旁边,只要一打开窗子,我就能看见,监狱就在眼前……"

第六辑　　情爱画廊

问世间情为何物,直教人生死相许。痴男怨女,离合悲欢,古往今来,演绎了多少故事,怎一个"情"字了得?……

爱的劫难

和妻子结婚之后，我们的日子渐渐平淡下来，风花雪月变成了柴米油盐。我不再送妻子玫瑰，而是下班后买回几斤白菜萝卜；妻子身上的香水味也慢慢被微微的油烟味儿代替。"七年之痒"说来就来了，我早已记不起妻子曾经的容貌，她也早就忘却了我的才华热情，生活中的烦恼总也挥之不去，于是，时不时的争吵就成了家常便饭。

在一次疯狂的争吵之中，妻子盛怒之下砸烂了结婚照，玻璃"哗啦"碎了一地。我也被激怒了，冲动之下吼出一句话："离婚！咱明天就离婚！"妻子也不甘示弱，恨恨地吼道："离就离！谁离了谁不能过啊？"

事有凑巧，刚平静下来没几分钟，一位大学时共同的好友正好路过郑州，顺便看望我们。我和妻子都是爱面子的人，尽管各自心底都还憋着气，还是默默地收拾好屋子，等待朋友到来。

和朋友边吃边聊边回味大学生活，不知不觉已经到了晚上十一点多。朋友执意要回宾馆休息，我和妻子只好送他。

回家时路过一条偏僻的小巷，我和妻谁也不理谁，默默走着。走到一个拐角处，突然窜出来两个十八九岁的男孩，拿着明晃晃的刀子拦在了我们面前。

"不许动！我们的钱被偷了，现在身上没一分钱，想找大哥大嫂借点儿……"两个孩子似乎并不精通业务，虚张声势地低吼着。

一向胆小怕事的妻子顿时傻了，浑身发抖，双手紧紧地攥住我的胳膊，哆嗦着说："好……好，我兜里有钱，这是二百，千万别伤害我们……"说着，主动把钱递了过去。

我气得牙齿咬得咯咯直响，早把拳头攥得紧紧的，凭着三年的散打功夫，这两个小毛孩儿用不了三拳肯定会被我打趴下。正想发作，施展一下自己的拳脚，突然想起身边柔弱的妻子，万一他们狗急跳墙，伤着妻子可不是小事……

正犹豫，只听妻子低声对我说："别！别！他们有刀，你千万别和他们逞强，伤着你就划不来了……"趁我发愣之际，两个小贼匆匆逃走了。

我的眼泪涌了出来。尽管我们吵得凶，可在危险的时刻，我首先想到的是妻子的安全，而妻子最先考虑的也恰恰是我！

此后的生活依旧平淡，依旧琐碎，但少了无谓的指责与争吵，因为我们知道，在内心深处，我们都在深深地爱着对方……

逃离也是一种爱

惠子和老公的爱情堪称历尽艰难，好事多磨。好在两个人一直心心相印，真诚相待，最终冲破了重重阻力。惠子丢弃了不错的工作，孤身一人来到老公所在的城市。他们沉浸在爱情的甜蜜之中，有情人最终成了眷属。

初婚，他们的日子过得很快乐，但不久，烦琐的生活渐渐消解了热恋时的激情，夫妻之间或大或小的争执时时不期而至。每次争吵之后，惠子总是很生气，可每次当她打算离家出走之际，老公总是先她一步，愤愤然摔门而去。

看到老公走了，惠子才会颓然坐下，回想争吵的前因后果，也渐渐意识到自己的急躁与强词夺理……第二天，老公就会发来求和短信，两个人总是先自我检讨一番，老公再不失时机地幽上一默，于是，夫妻俩便和好如初。

这样争吵的次数多了，惠子渐渐怀疑起老公出走后的行踪来。有一天晚上，夫妻两人争吵之后，老公再次离家出走。惠子终于忍不住内心的疑虑，就偷偷地尾随在他身后，眼看着老公拐进了一个好朋友家里。

在老公敲门的时候，惠子悄悄躲在了楼道的阴影里。朋友打开门，看到惠子的老公，很有经验地说："兄弟，又和老婆吵架了？"

惠子听到老公轻声"嗯"了一下。朋友笑了，接下来揶揄道："老弟，你真是好男人啊，吵架的时候还没忘记照顾老婆，每次都是自己主动跑出来！你这少见的喜欢离家出走的男人啊……"

听到这里，惠子似乎明白了一些什么。这时，她又听到老公的声音："惠子在这边没几个亲戚朋友，她一个单身女子要是跑出来，那得吃多少苦啊！我是大男人，随便找个地方将就一下就行了。等她消了气，我们肯定又和好了……"

那一刻，惠子泪流满面。

有时，逃离，也是一种爱！

远远地爱着你

她是这样一个女子：细腻、温婉，却又满怀悲凉，一如张爱玲笔下的文字，美丽，却又不乏苍凉。

她身边不乏仰慕者，更不乏追求者。豪门子弟、成功人士，或暗示或直白，将爱的诺言输送到她的耳孔。然而，这些承诺却从未输送进她的心灵，送来的玫瑰被她婉言拒之。她不是不相信这个世界有真爱，只是觉得自己不会有这么好的运气，仅此而已。

后来，她遇到了他。

他很有才华，却又有些颓废，有些不羁，有些落魄。每每看到他，她心底总有些微微的痛，又有些淡淡的安慰。她一直以为，那也是一颗孤苦的灵魂，和她一样，在这个貌似温暖的世界里流浪。

她本不想和他发生任何故事。然而，老天并不如她所愿。他走进了她的生活。她想拒绝，又不想。

就这样，两个人有了短暂的接触。约会，聊天，楼榭亭台，花前月下。她被他的睿智吸引，却又常常被他的孤傲与偏执刺伤。

他们表面上很和谐，很快乐，似乎少有冲突，可在她心底，早已波澜起伏，困惑、痛苦，又无可奈何。她很清楚，他不可能说服自己，自己也绝不可能改变他！

后来，她提出了分手，瞎编乱造了一大堆理由。他是那么孤傲，尽管满心伤痛，却强装笑颜，一副满不在乎的样子。

那晚，她泪雨滂沱，泪水打湿了整个季节，也打湿了她的整个青春。只有她自己明白，为什么要主动而决绝地离开……

再后来，两人似乎成了路人。偶尔碰见，招呼一声，微笑一下，只是，笑得都很苍凉。

其实，她时刻关注着他，包括他的事业、他认识的女子、他的婚姻以及他的离异。有时候，她满怀伤感，又有些庆幸——如果当时不那么坚决，或许，被抛弃的那个女子，就是自己了……

她是那么爱他！只是，这一份爱只适合远远地，与生活无关。

爱情如镜

十几年前，妻子冲破了亲朋好友的重重阻拦，义无反顾地嫁给了他。那时，他刚刚大学毕业，一贫如洗。而她，出身不凡，家境殷实，父母都是高级知识分子。拥抱着美丽而聪颖的妻子，他热泪盈眶，发誓一定要让她过上幸福日子。

经过十多年的摸爬滚打，他已经拥有上百万家产。而妻子，早已人老珠黄，韶华不再。灯红酒绿的诱惑中，他渐渐把持不住。终于，在一次漂亮女孩儿主动的投怀送抱中，他忘记了相濡以沫的妻子，拜倒在女孩儿的石榴裙下……

看看黄脸婆的妻子，再看看一脸笑靥的情人，他终于下定决心：离婚！不再苦着自己！为了多谋得一些财产，他决定再骗妻子最后一次。于是，趁着一次出国之机，他满怀悲伤地告诉妻子，自己在异国他乡遭到洗劫，所带钱财全被掠去，被打成重伤……

妻子闻讯大惊，立即把家中百十万财产全部转移到他给的账号上。想着妻子傻乎乎奔波的模样，他不禁有些得意。

得意之余，他决定也戏弄心肝宝贝小情人一下，调节一下生活气氛，增加一些生活情趣。于是乎，他把那套谎言原汁原味地给情人表演了一番，想不到，一向信誓旦旦的情人一时竟支吾起来。他心下大惊,瞬间拿定主意,要假戏真做下去……

第二次拨打情人的电话,关机。他心中大骇,丢下未竟的业务,匆忙回国,发现已是人去楼空,连带他寄存的十几万现金……

那一刻,他幡然悔悟——一场并不高明的游戏,让他顿时看清了世道人心。

当妻子知道了这一切,心如刀绞,她接受了他的忏悔,却义无反顾地离开了他。

真正的爱情,就像一枚光洁的镜子,一旦打破,再好的工匠也无法修复到原来的模样。

苦药亦甜

曾经认识一对夫妻。结婚伊始感情并不是很好,时不时地还会大吵大闹一番,因此,妻子甚至有了离婚的打算。然而,天有不测风云,那位妻子害了一场大病,病中,丈夫尽心尽力地照顾她,五六个月后,妻子的病才得以痊愈。

这以后,夫妻两人恩恩爱爱,相扶相携,小矛盾也很少出现了。

一次,朋友聚会,闲聊间,一位朋友向那位妻子请教他们家庭生活变得日益和谐的"秘诀"。她沉思了好一会儿,才缓缓地说:"其实,在婚姻生活中,能够爱对方,而且能理解对方的爱是最重要的!在家庭生活中,只有永不枯竭的爱才能保证婚姻的持久,才能保持生活的和美……"

接下来,那位妻子讲述了她病中的一个故事:"那时候,我病得很厉害,都不想活了。是他一直鼓励着我。由于长期服药,许多西药对我的病症失去了效用,他就拉着我去看中医,几乎跑遍了这座城市所有的中医门诊。中药喝起来特别苦,那时候我一闻见药味就想呕吐……但我还是咬着牙,将那些苦药喝完。只是有些奇怪,为何每一次我的药汤不烫也不凉?"

"有一次,我对着镜子梳头的时候,无意间从镜子中看到,站在厨房中的他，正小心翼翼地端着药碗轻轻地啜了一口。"

那位妻子讲完，大家都沉默了。良久，她才幽幽地说："从那苦涩的草药中，我尝到了甜蜜的味道，那是他的爱，默默无闻的爱，以前常常被我忽略的爱的滋味！真爱的甜蜜，在任何时候，都是不应该被忘记的……"

抓紧你的那只手

表姐长得很漂亮,从中学开始,就不断地收到男孩儿的各式各样的情书,但她是一个心高气傲的人,对求爱的男孩儿大都不理不睬,一心向学——为了自己心中的名牌大学。

功夫不负有心人。她考入了北京的一所名校,四年之后,她放弃了留在京城的机会,去了西北的一座中等城市。前不久,表姐回家,告诉亲朋好友她快要结婚了。

见到表姐的未婚夫时,我失望得甚至有些恼怒了,心想,表姐这样优秀的女子,怎么会选择一个普通得毫不起眼的男人做丈夫?表姐大概是看透了我的心思,就给我讲了他和她之间的一个故事。

那是一个十分寻常的同事的婚宴,酒席开在一家酒店的三楼。就在大家觥筹交错、开怀畅饮时,突然,室内的灯晃动起来,远处传来轰轰隆隆的古怪的声音,一位有经验的人大喊了一声:"不好了,是地震!……"

一时间,人们乱了套,许多人没命地朝楼下挤。表姐也随着人流往下走。这时,她看见一个男人逆人流而来,原来是她的一个同事——如今的未婚夫。他们平常相处得若即若离的。表姐正想着这人是不是有点儿精神不正常,生死攸关的时候，不快逃命，还窜来窜去。想不到他直奔表姐而来，一把抓住她的手，气喘吁吁地说："你没有经历过这样的事，我怕你会有什么意外……"

表姐很是感动，此时此刻，那几个承诺要照顾她一生的人早就落荒而逃了。

后来，他们就恋爱了。表姐发现，其实他是一个很优秀的人，懂得生活，懂得爱。最后，表姐说："在最危险的时候，还没有忘记去紧紧地抓住你的手的人，一定是真正爱着你的！"

错 觉

作为单身汉,好友结婚我做伴郎是义不容辞的责任。当然,伴郎喝酒是少不了的,因此,在铁哥们儿小贾确定让我做伴郎之后,我就做好了喝酒的准备。

在小贾的婚礼上,哥儿们果然很够意思,敬酒时,这帮哥儿们对新郎新娘格外开恩,意思一下就放过了,对我和小惠这对伴郎伴娘却坚决不肯放过。小惠是女孩子,长相又很漂亮,声称自己喝一点儿酒就皮肤过敏,浑身起鸡皮疙瘩,坚持滴酒不沾……

然而,那帮哥儿们都不是省油的灯,矛头直指小惠,一定要她喝两杯才肯放行,把小惠逼得都快哭了。眼看着美女有难,加上对她印象很不错,一时间我"大义凛然",接过哥儿们递给小惠的酒,一仰脖干了。这下子,有几个哥儿们不愿意了,又想方设法罚了我儿杯。尽管喝得头昏脑涨,眼冒金星,但看到小惠感激的眼神,我觉得挺值得的……

饭后,大家各自散去,小惠也要开车回去,并随口问了句我住在哪儿。我报了住址,来送行的新郎官说:"小惠,你们正好顺路,送一下小彭吧……"小惠欣然同意。

坐进小惠香喷喷的车里,看着她时不时地瞄我一眼,我心里甜丝丝的，心想多喝几杯酒能赢得芳心还是值得的。一路上，小惠关怀备至，一会儿给我拿饮料，一会儿问我是否难受，还关切地叮嘱我："彭哥，你要是觉得不舒服就提前说一声，我停车你可以去洗把脸……"

莫非这美女对我有意思？我开始有点儿飘飘然了，幸福的感觉一直伴我到家。

第二天，我赶紧托小贾探问小惠对我的感觉，有点儿投石问路的意思。然而，辗转而来的回答却让我大失所望：人挺好，但并不是她要找的终身伴侣……

我有些不快："那昨天她咋那么关心我啊？"

小贾叹口气，说："你说这事儿啊，小惠昨晚就跟我说了。主要是那车是她刚买的，还不到一个星期，她怕你喝酒太多，一不小心吐到她车上……"

爱上一个遥远的姑娘

风徐徐地吹着，皎洁的月亮将夜色装扮得清澈而妩媚。远山正坐在公园的长椅上，抱着那个让他魂牵梦绕的姑娘。他与她四目相对，含情脉脉。他将头缓缓地向女孩靠近，靠近。她眼含羞涩的微笑，静静等待着他的亲吻，等待这一神圣时刻的到来……

远山终于将颤抖的嘴唇贴在了女孩的唇上。那一刻，他觉得天地宁静，玉宇清澄，仿佛置身幸福之国，所有的忧伤与烦恼顷刻间都消失殆尽……

就在他们忘情亲吻之时，一声咆哮如炸雷般响了起来："远山，你这个王八蛋，你个混账东西，竟敢背着老娘出来乱搞……"

远山吓得一个激灵，顿时脑海里一片空白。他的妻子爱梅此时像一只饿狼般恶狠狠地扑了过来，一只手抓住远山，另一只手抓向那个满面惊慌、不知所措的女孩儿。远山感到一阵锥心的疼痛，"啊"的一声惊醒。妻子不耐烦地抱怨，带着浓浓的睡意："深更半夜的，你不好好睡觉，瞎嗷嗷什么？掐你还掐不醒呢！"

远山惊出了一身冷汗，心底暗暗庆幸，幸亏这只是一个梦。不然，自己还真不知道该如何收拾这样的场面，该如何面对结婚十多年的爱人和正读初中的儿子……远山再也睡不着了，听着妻子时高时低的呼噜声,他又开始思念那个遥远的姑娘了。

心儿已经无数次出现在他的梦境里,温婉,宁静,知书达礼,清纯可人。远山常常觉得心儿才是自己理想中的爱人……

远山并没有见过心儿。只不过是三年前偶然的一个机会,他捡到了一个女式提包,包里装着一本相册和一本日记。相册和日记的主人是一个女孩儿,十七八岁的年纪。从照片和日记的内容推断,女孩儿是一个美丽而聪慧、细腻而多情的人,她的面容温淑而恬静,她的文字隽秀而雅致。远山给这个女孩儿取了个好听的名字:心儿。

自从有了心儿,远山觉得自己的生活丰富了许多。每当觉得妻子粗俗之时,他会偷偷地翻出心儿的相册和日记,静静地品读一番。每当和妻子闹矛盾,被妻子数落得灰头土脸之时,远山就会感叹一番,暗想如果自己娶的不是爱梅,而是心儿,自己的人生肯定会大不相同,会更加精彩。远山常常拿心儿与妻子比较一番,比较的结果只能是长叹一声,感慨"恨不相逢未嫁时"。远山知道,自己早已经偷偷爱上了这个素未谋面的姑娘,爱上了这个遥远的心儿……

这天下午,远山下班回到了家,看到惊心动魄的一幕——他一直珍若生命的相册和日记,竟然被妻子发现了。她正翻看着相册,泪雨婆娑,神情凄婉。远山惴惴不安,正等待着妻子的河东狮吼,没想到她却一反常态,说:"老公,对不起,这些年我对你太粗暴了……我弄丢的相片和日记,没想到你竟然当宝贝一样地珍藏着……"

远山怔住了,过了许久,隐隐约约地,他有了一种灵魂出窍之感。

后　记

年少时写下的第一篇所谓的"文学作品",距今已逾二十多个年头。陆陆续续地每年发表一些文字,大抵也有十五六年了。如今,爬格子,早已是一种被冷落了的方式,全民追捧文学作品的时代,也早已一去不返。在我看来,很正常,一种安静的生态,无论是读书,还是写作,都不应是一件"热烈"的事儿。那些盛大的仪式,那些热闹的活动,跟真正的读书状态毫不相关。

本书的大部分篇目写于十年前,也即是自己二十多岁的年纪。其时,年轻而自信,积极而热烈,当然也就不可避免地有一些天真,甚至是幼稚,这些人生的印记在文字中必然有所表现,文字中必然也就有了这样那样的缺憾。青春早已一去不返,青春的文字也就不必用成人的思维去矫饰,去修正。因此,也基本保持了当初的原貌。

感谢在我成长、写作道路上给予诸多帮助的郑州大学文学院的老师们,河南省作家协会特别是河南省诗歌学会的前辈们,以及我的亲朋好友、同道中人!尽管在文学的道路上,我仍然是一个新兵,成绩寥寥,寂寂无名,但诸位恩师前辈的教诲指导,一直铭记在心,不曾有丝毫褪色。

书中的诸多短章，或尚生涩，或显肤浅，或有牵强鄙薄之处，望读者诸君、学人方家不厌教诲，予以指正。

　　谢谢。

2016 年 5 月 15 日